# LE CERCLE NOIR – OPUS 3

Franck VILLEMAUD – Joël NIVARD –
Franck LINOL – Laurence JARDY – François
CLAPEAU – Jean-Louis BOUDRIE –
Yves AUBARD

# 7



LA GESTE

# Préface

Les sept auteurs du Cercle Noir ont décidé de récidiver…

Revoilà le commissaire Gorce !

Ce troisième opus se situe entre l'année de la dernière affaire du grand flic limougeaud (Cercle Noir 2015) et les derniers jours avant sa mort… (Cercle Noir 2017).

Gorce est à la retraite et coule des jours tranquilles. Mais il croise la route d'un type étrange : Kevin Kotz.

« Je vivais avec ma mère, passant mes journées dans ma chambre. Un soir, j'ai entendu un bruit anormal, en bas, dans le salon. Je suis descendu et j'ai découvert ma mère qui venait de se pendre. Elle avait accroché la corde à une des poutres du plafond et il lui avait suffi de faire basculer la chaise sur laquelle elle était montée. J'ai préparé un sac à dos, j'ai piqué le fric qu'elle conservait dans une boite en fer et je suis parti. Depuis, je marche sur les routes. Au gré du vent.

Quand je fais une halte, c'est pour tuer.»

Une seule règle du jeu : imaginer la suite…

Les sept auteurs ont laissé libre cours à leur imagination.

## Tauromachie

Franck Villemaud

«Je vivais avec ma mère, passant mes journées dans ma chambre. Un soir, j'ai entendu un bruit anormal, en bas, dans le salon. Je suis descendu et j'ai découvert ma mère qui venait de se pendre. Elle avait accroché la corde à une des poutres du plafond et il lui avait suffit de faire basculer la chaise sur laquelle elle était montée.

J'ai préparé un sac à dos, j'ai piqué le fric qu'elle conservait dans une boite en fer et je suis parti.

Depuis, je marche sur les routes. Au gré du vent.

Quand je fais une halte c'est pour tuer.

Hier, j'ai fait une halte.

Devant cette maison.

J'ai attendu tout le temps qu'il fallait pour y apercevoir de la vie à l'intérieur, puis je suis entré.

Pour vous.

Pas de chance, n'est-ce pas ?

— On ne peut pas toujours bien tomber.

— Votre calme est impressionnant, je dois le reconnaître.

— Comme je vous le disais tout à l'heure, je n'ai plus grand chose à perdre. Alors…

— Finalement, c'est une forme de soulagement pour vous que je sois venu à votre rencontre, si je vous comprends bien.

— Pas tout à fait. Pour être parfaitement honnête avec vous, je crois que je m'en fiche complètement. »

Kevin Kotz détourna le visage par réflexe. Un rictus d'insatisfaction venait de s'y afficher, et il espérait objectivement le masquer - tout en ayant conscience, ce faisant, qu'il était déjà trop tard. Sa légère manifestation de faiblesse avait évidemment été perçue, il devrait veiller à ne pas s'en autoriser d'autre. Il reprit néanmoins rapidement le dessus, pour offrir à nouveau le regard aussi perçant que vide d'existence qui l'habitait au quotidien.

« Bien. Je reconnais que c'est intéressant. C'est la première fois que je me retrouve confronté à ça. Je veux dire, à quelqu'un comme vous, dans ce type de situation. Je vous avoue que cela a pour moi quelque chose de, comment dire…, d'attrayant.

— *Je vous avoue* que cela n'est absolument pas réciproque, j'espère que vous ne m'en voudrez pas.

— J'en suis moins persuadé que vous, mais quand bien même : cela ne change pas grand-chose à notre affaire au bout du compte, n'est-ce pas ?

— Non. Quant à cette première fois que vous évoquiez, croyez-moi, profitez-en au mieux, mon vieux. Je vous accorde très peu de chance d'être un jour à nouveau face à quelqu'un comme moi - du moins dans un tel contexte.

— Vous savez que c'est très prétentieux de votre part, ça… Vous vous estimez apparemment unique alors que, en dépit de l'image que vous essayez de me donner et de l'intérêt particulier que vous suscitez chez moi, vous êtes évidemment d'une banalité tout à fait sinistre. J'ai acquis une expérience certaine en la matière, vous savez - et, croyez-moi à votre tour, à l'aube de sa mort, chacun est malheureusement tristement semblable aux autres.

— Je veux bien vous croire. Mais nous ne parlons pas vraiment de ça, je me trompe ?

— Vous vous trompez, oui. La mort est exactement le sujet, je suis surpris que vous en doutiez.

— La mort ou la souffrance ?

— Sincèrement : vous connaissez des morts sans souffrance, vous ? Si vous songez à ce que l'on nomme absurdement une « belle mort », il me semble qu'elle impose, à tout le moins, la souffrance des proches, vous ne croyez pas ?

— À condition d'être aimé, *vous ne croyez pas* ? Pardonnez-moi, mais j'ai du mal à imaginer que, quand viendra votre tour, il y ait beaucoup de larmes versées, que votre mort soit belle ou non.

— Je vous adjugerais volontiers un point sur ce coup-là, si je n'étais pas mort depuis bien longtemps déjà. Et ce jour-là, la souffrance était bel et bien à mes côtés, je peux vous l'assurer.

— Vous voulez parler des contractions de votre petite maman, peut-être ? »

Kevin éclata d'un rire suraigu, qui n'avait toutefois rien de factice et qui sembla lui-même le surprendre. Mais la répartie l'avait beaucoup amusé, il ne pouvait que l'admettre, tout comme il se devait d'accepter son propre trouble face à une manifestation de joie oubliée depuis des années, si tant est qu'il ait déjà été amené à l'éprouver au cours de son existence.

« Bravo !!!! C'est brillant ! Et le pire, c'est que vous avez complètement raison.

— Eh bien, écoutez - Kevin, c'est ça ? : je dois bien admettre que c'est la première fois de ma jeune vie que j'ai l'occasion d'échanger avec un mort-né. Je devrais sans doute réaliser la chance que j'ai plus que je ne le fais.

— Excelleeeent ! Non, décidément, vous me plaisez : calme, auto-dérision, cynisme, tout cela en un moment pareil - je veux dire, avec ce que je suppose que vous devez endurer actuellement. Je ne m'y attendais pas, mais je crois sincèrement que nous allons prendre du bon temps tous les deux. Rassurez-moi simplement sur une chose : toute cette posture n'aurait quand même pas pour unique but de tenter de me séduire ?

— Vous séduire ?! Vous ? Voyons, Kevin, un peu de sérieux, s'il vous plaît.

— Reconnaissez tout de même que cela pourrait servir vos intérêts.

— Pardonnez-moi de devoir me répéter, mais, une fois encore, je me fiche complètement de ce qu'il est en train de se passer. Du coup, je ne saisis pas trop de quels intérêts vous parlez.

— Bien sûr… J'espère que vous ne m'en voudrez pas de me méfier malgré tout de toute tentative de manipulation grossière de votre part, quand bien même serait-elle, de toute façon, évidemment vaine. »

Pour la première fois de leur affrontement, le silence s'installa l'espace de quelques secondes – ce que Kevin interpréta aussitôt comme une victoire de sa part.

Il reprenait l'avantage.

Un avantage qu'il escomptait fermement faire fructifier.

« Vous ne dites plus rien ?

— Je devrais ?

— Non, évidemment non. C'est juste que vous ne m'avez pas habitué au silence, depuis le peu de temps que nous nous connaissons.

— Je vous connais bien plus que vous ne me connaissez, vous savez. Les garçons dans votre genre – vous savez : les paumés, les tarés, les pervers narcissiques… Eh bien, comment dire… Disons que, malheureusement, ils ont toujours un peu fait partie de ma vie.

— Snif, snif…

— Oh ! Séchez vite vos larmes, mon grand ! Après tout, je n'ai aucun droit de me plaindre : cela n'aura jamais été qu'un choix de ma part.

— Non, mais quel courage ! Quelles capacités d'introspection ! C'est proprement fascinant ! Pardon : on veut un gros câlin, peut-être ?

— Sans façon, merci. En fait, je cherchais simplement à vous dire par-là que, si je vous connais quasiment déjà par cœur, je dois toutefois vous concéder une particularité – qui se trouve, par ailleurs, être la cause de ce court silence dont vous vous étonniez à l'instant.

— Oui ?

— Votre manière de vous exprimer. Très étonnante pour un type comme vous.

— Merci. Le type comme moi apprécie, et tout particulièrement venant de vous, croyez-moi. À en considérer votre propre éloquence.

— Oui, mais en ce qui me concerne, Kevin, je viens d'un milieu aisé, bourgeois, j'ai fait des études – tout ce dont vous avez été privé, non ? À moins bien sûr que je ne me trompe complètement sur vous, mais j'en doute.

— Les voyages forment la jeunesse, que voulez-vous.

— Un peu décevant comme réponse, pour le coup, si je puis me permettre.

— Et pourtant… »

Il s'offrit un léger temps.

Celui de ménager un peu ses effets et de se redresser, afin d'adopter la posture adéquate à son récit à venir.

C'était son moment, les quelques minutes de gloire qu'il tentait de s'arroger chaque fois que cela lui était possible, mais, le plus souvent, son auditoire était bien trop en panique pour l'écouter réellement et profiter à sa juste valeur du privilège qui lui était accordé.

Pas aujourd'hui, il le pressentait.

Aujourd'hui, son public était évidemment le meilleur auquel il ait jamais été confronté ; celui, en fin de compte, qu'il espérait secrètement depuis tout ce temps, sur les routes assassines de son périple.

Du moins tâchait-il de s'en persuader.

« Bien. Depuis bientôt vingt ans, vous savez, la police de nombreux pays recherche l'auteur de plusieurs dizaines de meurtres, ou peut-être les auteurs – je ne saurais pas vous dire s'ils ont compris, à l'heure qu'il est et au bout de tout ce temps, qu'il s'agissait d'un seul et même assassin. Je leur concède qu'il n'y a rien d'évident à cela : je fais en sorte de varier les plaisirs, si vous voyez ce que je veux dire.

— Je vois très bien, oui.

— Je n'en doutais pas le moindre instant. Pour autant, il ne s'agit aucunement de ma part d'une quelconque volonté de brouiller les pistes – je m'adapte, en fonction de mon, ou de mes, interlocuteurs de l'instant ; de ce que je trouve sur place aussi : je m'imprègne des lieux, de ma ou de mes victimes, puis mes humeur et, disons, créativité m'inspirent la forme que je vais donner à chaque fin d'histoire. De fait, mais je sous-estime peut-être en disant cela le talent des profileurs en charge de ces affaires, je ne pense pas que l'on puisse parvenir à m'attribuer ce qu'ils définissent habituellement comme une signature.

— Tuer systématiquement avec un ustensile trouvé sur les lieux est, en soi-même, une signature, il me semble.

— Ce le serait, effectivement. À ceci près que, en l'occurrence, cela n'a rien de systématique. Parfois mes mains suffisent, et, là encore, la méthode peut varier. Je suis assez doué de mes mains, vous savez – elles ne sont pas si grandes, plutôt fines, mais pleines d'inventivité.

— Des mains d'artiste, n'est-ce pas ?

— Je n'aurais pas osé le dire ainsi, mais oui, tout à fait. C'est tout à fait cela.

— Eh bien, cela n'aura pas mis longtemps, dites-moi !

— Qu'est-ce qui n'aura pas mis longtemps ?

— Écoutez-vous, Kevin : je vous pose une question relativement anodine sur la manière dont vous êtes parvenu à développer le langage châtié dont vous faites preuve, et vous vous en saisissez aussitôt comme prétexte à développer tout un laïus puant de mégalomanie sur vos exploits criminels. Que vous ne manquez pas, par ailleurs, d'élever implicitement au rang tout à fait absurde d'œuvre d'art. C'est assez pathétique à observer, je ne vous le cache pas.

— Ah ! Nous en voilà donc rendus à notre premier changement de stratégie du jour ! Vos gros sabots pour ce faire sont, pour le moins, d'un pathétique tout aussi décevant que celui dont vous taxez mon attitude, *je ne vous le cache pas*. Le méchant n'aura donc pas cédé à mon charme. Si nous tentions d'éveiller sa colère, pour voir ce que cela donne ? L'option est certes risquée, mais sait-on jamais, n'est-ce pas ? »

Il ne s'était pas laissé déstabiliser, et il en retirait d'ailleurs une fierté certaine.

Quand bien même il se réjouissait par avance de n'avoir jamais connu écoute si studieuse à l'énoncé de ses exploits, il n'en prévoyait pas pour autant qu'elle serait mutique. Bien au contraire, il avait anticipé le fait qu'il serait interrompu, voire moqué – après tout, cela faisait partie du jeu.

Mais d'un jeu qu'il entendait mener désormais jusqu'au dénouement qu'il aurait décidé, en profitant de la moindre attaque de son adversaire pour mieux le contrer et en tirer bénéfice dans la lutte de domination qui s'était engagée dès les premières secondes de leur rencontre.

« Rhaaa, encore un échec, mince ! On parle de mon absence de papa et du suicide de mamounette tout de suite, ou vous préférez attendre un peu pour enclencher le plan « pitié » ?

— Excusez-moi, Kevin, mais est-ce que vous seriez assez aimable pour me dire comment exprimer, afin que vous finissiez par l'entendre, le fait que je me fiche éperdument de vous et de votre « œuvre » ? Tout autant que je me fous, par ailleurs, de l'issue de cette discussion, et vous en connaissez très bien la raison. Il se trouve que nous sommes réunis ici, tous les deux, à nous tenir compagnie, si j'ose dire, dans l'attente d'une issue que nous savons tous deux inéluctable et dont aucun de nous deux ne maîtrise parfaitement l'échéance exacte. Alors on papote, vous voyez ? Pour meubler, pour patienter, rien d'autre, en tout cas en ce qui me concerne. Je reconnais que j'en doute un peu plus s'agissant de vous.

— Allez, ce coup-ci, je vous l'accorde, ce satané point : effectivement, je ne m'en fiche pas. Je vous l'ai dit moi aussi : c'est la première fois que je me retrouve confronté à quelqu'un comme vous. J'espère que vous ne me tiendrez pas rigueur d'en être un minimum curieux – cela me paraît on ne peut plus humain.

— Ce n'est pas nécessairement le qualificatif que j'aurais privilégié vous concernant, mais d'accord, je peux le comprendre. Ce que je saisis moins bien, en revanche, c'est la raison pour laquelle, alors que vous prétendez être curieux de moi, vous persistez à ne parler que de vous.

— Si vous m'aviez laissé achever mon propos, au lieu de m'attaquer puérilement sur ma supposée mégalomanie, vous auriez pu constater que je me contentais de répondre à votre question et qu'il n'était aucunement dans mes intentions de dresser mon propre panégyrique criminel.

— Au temps pour moi, Kevin : je vous écoute religieusement.

— Bien. Vous m'interrogiez donc, je crois, sur les origines de mon parler, disons, abouti, alors même que, selon vous, je n'avais été en mesure de recevoir aucune éducation digne de ce nom. Cette dernière assertion, toute gratuite et sans fondement objectif qu'elle soit, n'en est pas moins vraie : je suis parti de chez moi à l'âge de quatorze ans et, à l'époque, cela faisait déjà longtemps que je n'avais pas fréquenté d'établissement scolaire. Mais, voyez-vous, je lisais. Beaucoup, et de tout. Bien sûr, ce n'était pas chez moi que j'allais trouver de quoi, du moins en format papier – et j'avoue que la lecture sur écran m'aura vite lassé, tant, d'ailleurs, par son contenu que par sa forme. Alors bientôt, dès mes huit ou neuf ans, je me suis résolu à aller me servir ailleurs. Les quelques pavillons alentour me suffisaient largement : personne à vrai dire ne se rend compte d'un livre manquant, à moins, bien entendu, de n'en posséder qu'un petit échantillon, ou que quoi que ce soit d'autre d'un minimum de valeur ne vienne à disparaître concomitamment. Mais, en dépit des clichés dans lesquels vous n'étiez pas loin de sombrer à l'instant, nous n'étions pas pauvres, loin de là – simplement dégénérés. De fait, notre rue regorgeait de résidences cossues au sein desquelles il était de bon ton d'afficher une bibliothèque fournie, quand bien même leur propriétaire n'aurait jamais commis l'effort d'en ouvrir le moindre volume.

— Et cela ne choquait personne que le petiot des voisins ne fréquente pas l'école, dans ce genre de quartier ?

— Vous avez la religion brève, dites-moi…

— Pardonnez-moi, Kevin, je ne fais que constater les incohérences de votre émouvant récit.

— Qui n'en sont pas. *Dans ce genre de quartier*, comme vous dites, on se fiche bien de la vie des autres, croyez-moi, du moment que leur regard sur vous sait se faire suffisamment obséquieux au moment de se croiser. Et puis, au bout du compte, j'ai bien peu de doutes sur le fait que mon existence avait été oubliée de tous depuis longtemps. Je ne voyais littéralement plus le jour depuis des années, ne sortant qu'à la nuit tombée pour « rendre visite » à mes charmants voisins. Aucune figure paternelle à se mettre sous la dent, ma mère aux yeux mangés de douleurs et substances aussi artificielles les unes que les autres - le drame familial devait sembler aller de soi pour tous, autant que la totale indifférence qu'ils y accordaient. J'étais objectivement mort depuis longtemps, et, pour ne rien vous cacher, je le suis par ailleurs de plus en plus. De mieux en mieux, si j'ose dire. Je peux poursuivre ?

— Je vous en prie. Si vous saviez combien j'ai hâte d'entendre la suite de cette histoire…

— Rhooo, le sarcasme, à présent - gardez-en un peu sous le coude, quand même, nous sommes loin d'en avoir encore terminé.

— Comptez sur moi, j'ai du stock.

— Bien. Lorsque…

— Ah ! un petit tic de langage, malgré tout, on dirait…

— Bordel de merde, vous n'allez pas la fermer ?!!

— Et une légère propension au pétage de plombs, par ailleurs. Dites-moi voir, Kevin, cette jolie carapace toute proprette à laquelle vous semblez tant tenir, ne serait-elle pas en train de gentiment se craqueler ? »

Il s'efforça de raccrocher son regard au moindre élément de la pièce susceptible de l'aider à juguler la fureur qui tentait de prendre possession de chaque parcelle de ses corps et âmes.

Il savait, pour avoir trop souvent connu cet instant, que, s'il la laissait faire, elle lui interdirait alors tout discernement. Il allait hurler, gesticuler autant que son corps en serait actuellement capable, devenir aveugle et sourd à toute forme de contrôle et d'intelligence, confisquer tout brio à sa performance – et il n'en était pas question. Il s'était fait surprendre, comme le gamin perdu et méprisé qu'il n'avait finalement jamais cessé d'être, en dépit de ses tentatives forcenées de gagner le respect qui lui était dû. Au gré de ses bientôt vingt ans d'errance criminelle, il avait fini par admettre que la peur qu'il imprimait consciencieusement ne serait jamais en mesure d'imposer le respect, qu'elle ne serait jamais source que d'auto-centrisme chez ses victimes, voire de pitié nauséeuse à son égard. Chaque fois, à la minute de s'en rendre compte, il lui avait alors fallu précipiter le dénouement de « l'entretien », laissant de fait son récit en suspens, pour substituer à la chute espérée avec tant de fièvre un carnage grossier parfaitement frustrant au bout du compte.

*Coitus interruptus*, en quelque sorte, qui avait chaque fois induit de longues minutes avant qu'il soit en mesure de recouvrer le minimum d'apaisement nécessaire à effacer les traces de son passage, puis à sélectionner l'ouvrage qui accompagnerait son chemin jusqu'à la prochaine halte – la prochaine tentative vers une jouissance totale devinée, mais qui lui était encore, désespérément, inconnue.

Il y croyait aujourd'hui, et il s'attelait à l'instant à y croire encore – c'était là, tout proche, à portée de quelques mots de plus, si tant est qu'il parvienne à tempérer sa rage et rasseoir sa domination.

Aujourd'hui, l'occasion était trop belle, presque inespérée, à vrai dire.

Aujourd'hui, il n'y avait pas de peur en face, pas d'auto-centrisme et encore moins de pitié.

Aujourd'hui, il n'y avait que sérénité affectée et écoute, qu'intérêt manifeste quand bien même il était non avoué – mais il était là, là et incontestable ; il s'en suffirait d'un rien pour qu'il ne devienne passion, admiration, respect.

Respect, oui.

Respect, enfin.

«Je nous servirais volontiers un verre pour détendre l'atmosphère, mais il se trouve malencontreusement que ma situation actuelle me l'interdit.»

Ne l'écoute pas.

Ne consens pas à devenir sa proie.

TU ES le prédateur, Kevin, c'est ta raison de vivre et ne l'oublie jamais, quand bien même les apparences joueraient ce soir contre toi. Alors, fais-lui lâcher prise, vite, utilise sa force pour la retourner – en commençant par te calmer. Calme-toi, Kevin, dépêche-toi, cela fait déjà trop longtemps que tu ne parles pas. Chaque seconde qui passe de ton silence lui offre autant d'opportunités de te déstabiliser plus encore, autant qu'elle risque de te faire perdre le fil de ta biographie et la puissance de ton moment.

La pièce est vide, complètement nue de meubles ou de décoration – cela lui avait sauté aux yeux en entrant, et c'est ce qui avait alors certainement rendu les choses plus compliquées qu'initialement prévu. Mais peu importe : tout était, au bout du compte, rapidement redevenu plus simple et, là, à cet instant précis, cela n'allait pouvoir que le servir encore. Là, à cet instant précis, Kevin comprit que c'est au creux de ce vide que son regard devait se lover pour qu'il reprenne pouvoir sur lui-même, se régénère, qu'il se retrouve enfin – c'était d'une évidence folle.

Parce que, de toute évidence, le vide était sa vie.

Parce que lui-même, Kevin Kotz, était incontestablement, proprement, littéralement, le vide.

Parce que ici, pour tout dire, au milieu du vide, il ne pouvait que se sentir chez lui comme nulle part ailleurs.

«Ce n'est pas nécessaire, croyez-moi. Je suis parfaitement détendu.

— Mais bien entendu. *Bien*, donc, où en étions-nous, déjà ? Ah ! oui : vous vous introduisez la nuit chez les voisins, vous piquez un bouquin, que vous lirez un peu plus tard sous la couette.

— C'est à peu près cela, oui. De fait, j…

— Laissez-moi faire, vous allez voir : au fil de vos petites cambrioles juvéniles, il se trouve alors que vous en profitez pour prendre chaque fois un peu plus de temps sur place afin de mater les jolies vies de familles desquelles vous avez été honteusement privées par une enfance si injuste; voire, accessoirement, pour secouer frénétiquement votre petit robinet quand Madame et Monsieur veulent bien se résoudre à consommer l'union, ou peut-être même simplement quand Madame se lève la nuit pour faire pipi – et vous y prenez, je l'imagine sans trop de peine, de plus en plus goût. Du coup, une fois votre vilaine maman qui pendouille et vous sur les routes, vous continuez un temps vos visites çà et là votre chemin, jusqu'à ce qu'un jour, plus ou moins volontairement, vous vous fassiez surprendre et que tout ça ne dégénère en boucherie familiale. Oui, parce que ça tombe bien, finalement, ça, Kevin: ça faisait quand même un moment que votre conscience tordue vous soufflait qu'il serait temps de faire payer tout ce joli monde pour leur bonheur obscène, et, encore mieux, vous vous rendez compte que vous prenez un pied pas possible à cette première fois. Alors, ça devient une véritable hygiène de vie, mais comme vous n'avez pas l'honnêteté de vous avouer que tout cela n'est que pure rancune, vous parvenez à vous persuader sans rire que c'est une ŒUVRE! Une putain d'ŒUVRE D'ART, Kevin! Et une œuvre d'art chaque fois parachevée par le fait tellement romantique de repartir un bouquin sous le bras, comme à vos tout débuts, un livre pris au hasard dans la maisonnée et qui, s'ajoutant aux précédents, contribuera à vous «construire», vous et votre personnage ridicule d'assassin littéraire. C'est bien ça, cette fameuse *signature* dont vous souhaitiez vous enorgueillir en grande pompe devant moi, n'est-ce pas? Ce livre manquant à chaque bibliothèque de vos scènes de crime et dont aucun flic n'aura remarqué l'absence.

— Vous n'êtes qu'une...

— Qu'une quoi, Kevin?

— Qu'une...

— Qu'une espèce de saleté de rabat-joie qui prend un malin plaisir à bousiller tous vos effets, c'est ça? Oh! Toutes mes excuses, mon petit chou, vraiment! Mais, j'avoue, oui, j'avoue ressentir un plaisir improbable à contempler la tête que vous faites suite à mon exposé.»

Sa tête.

Sa tête en implosion imminente et dévastatrice, inévitablement létale à toute lucidité si elle devait avoir lieu.

Sa tête en état d'urgence.

Pourtant, face à ce maelström qui menaçait d'engloutir sa tête et tout ce qui subsistait en lui de conscience, Kevin ne céda pas, à sa propre surprise, à la panique. Il avait peur, oui – la peur incomparable d'une défaite inconnue jusqu'alors plus encore que des conséquences qu'elle aurait sur lui comme sur son adversaire du soir.

Mais, paradoxalement, c'est bien cette peur qui fit œuvre de le rasséréner ; plus encore, il ne put que s'en rendre compte, de lui procurer une forme de bien-être parfaitement improbable. Quelques minutes plus tôt, son humanité avait été mise en doute aussi fortement qu'il la questionnait parfois lui-même, sans pour autant s'être jamais réellement attardé sur le sujet. Là, en une même discussion dont il ne saurait définir exactement la durée, il venait d'éprouver successivement le rire et la peur, et ce pour les toutes premières fois des bribes de vie qu'il n'avait pas refoulées.

Il savait rire, alors.

Ressentir de la peur, alors.

Être sujet aux émotions, alors.

Oui, au bout du compte, qu'importe ce qu'on lui opposerait à l'avenir de contestation railleuse ou terrifiée : Kevin, lui, savait désormais qu'il était humain.

Son regard balaya à nouveau la pièce, qui se para alors instantanément de couleurs nouvelles. Elle n'avait finalement rien de vide ; bien au contraire, elle était emplie de microdétails on ne peut plus essentiels, comme autant de signifiants de l'histoire des lieux : un trait de feutre noir au mur, un éclat de carrelage, une auréole d'humidité venue un jour s'en prendre au papier peint déjà jauni par les fumées conjuguées de cuisine et de clopes.

Toute cette vie.

Cette vie aux murs et sol. Tout ce passé.

Toutes ces vie et passé en lui, lui Kevin Kotz, en cette infime et formidablement bouleversante seconde…

Il crut alors avoir gagné, définitivement gagné et quoi qu'il puisse dorénavant advenir. Mais c'en était évidemment trop pour lui, et si sa tête venait finalement de recouvrer l'apaisement, une décharge d'angoisse l'assaillit violemment dans la foulée: qu'allait-il bien pouvoir devenir maintenant, parmi toute cette humanité qu'il venait de rejoindre? Tout ce temps, son existence ne s'était justifiée que par sa marginalité, son exclusion d'un monde alentour qu'il n'aurait de fait aucun mal à affronter en étranger à lui, en un ennemi intime qu'il prendrait un soin minutieux à briser froidement et sans pitié aucune. Mais demain? Comment vivre tous ces demains, enfoui à présent au milieu d'un tas grouillant de congénères où il n'aurait plus d'autre choix que de survivre sans but? Il n'avait jamais appris comment faire ça. Avait toujours refusé de l'apprendre, tant cela lui était inconcevable. Non, évidemment non, il ne saurait jamais faire «ça»…

Kevin replongea les yeux dans le tréfonds de ceux qui lui faisaient face. Tout cela était de sa faute, bien sûr. De quel droit tu m'as fait ça, toi, hein? Pourquoi tu ne m'as pas laissé là où j'étais, hein, sale raclure de merde? Dans le confort incomparable de mon vide indifférent à ta souffrance et à celle de chacun…

Je ne sais pas pour demain, mais crois-moi, aujourd'hui, tu vas devoir payer pour ça.

Et ce sera bien pire que par le sang, cette fois.

« Ma tête, vous dites? Si vous voyiez la vôtre, franchement… Vous crevez de trouille, chaque trait de votre visage le hurle en dépit de toute la contenance que vous tentez d'affecter – alors, épargnez-moi votre condescendance, je vous en prie.

— À la seule et énorme différence que, de mon côté, je vis avec cette *trouille* depuis des années, Kevin, et que le visage que vous stigmatisez en espérant vous rassurer n'est rien d'autre que celui que j'affiche au quotidien.

— Non.

— Non?

— Non, ce n'est pas ce visage-là, ou du moins plus lui. Parce que ce n'est plus cette peur-là. Parce que vous êtes désormais face à un ennemi bien plus redoutable que tous ceux que vous avez affrontés jusque-là, un ennemi que vous savez pertinemment ne pas être en mesure de vaincre. Pas cette fois.

— Nous voilà donc un point commun. C'est touchant.

— Faux, encore une fois. En ce qui me concerne, quoi qu'il arrive, je ne pourrai qu'être pleinement serein quand nous en aurons fini tous les deux.

— Nous verrons cela en temps voulu, si vous le voulez bien.

— Nous verrons, oui…

— À ce propos… »

Kevin les entendit, lui aussi.

Le bruit était encore lointain, mais elles ne tarderaient pas.

Bientôt la fin, alors. Il n'aurait pas le temps de lui infliger toute la souffrance qu'il venait de tacitement lui promettre, mais il savait qu'au moins il avait touché juste.

Il ne lui restait plus dès lors qu'à appuyer méticuleusement sur la plaie afin que, *a minima*, ce que son adversaire emporterait avec lui de souffrance au moment de se séparer soit inéluctablement associé à un humain répondant au nom de Kevin Kotz.

« Oui… Je dirais cinq minutes encore, environ – qu'est-ce que vous en pensez ?

— À peu près, oui.

— Bien… Croyez-moi ou non, mais je trouve cela dommage, tout autant que frustrant – j'aurais sincèrement aimé profiter de vous un peu plus encore. J'étais même à deux doigts de vous proposer de faire une légère entorse au « protocole » et de boire ensemble le verre que vous évoquiez tout à l'heure.

— C'est certainement la seule forme d'intimité que j'aurais peut-être finalement tolérée avec vous, mais je crains que nous ne devions effectivement faire une croix dessus.

— Oui… Eh bien ! je crois que nous allons en être quittes pour nous faire nos adieux, n'est-ce pas ?

— J'en ai bien peur, effectivement. Ah ! au fait : c'est avec plaisir que je vous aurais offert un livre en souvenir de notre rencontre, mais le fait est que je n'ai pas la moindre idée d'où ils se trouvent dans cette maison.

— Je vous demande pardon ?

— J'ai un petit scoop de fin pour vous, Kevin : je n'habite pas ici. Je n'y avais même jamais mis les pieds avant aujourd'hui. Figurez-vous que j'ai découvert cet endroit à peine quelques dizaines minutes avant vous, *en visite*, moi aussi, dans l'espoir d'y retrouver une personne que je cherche depuis plusieurs mois maintenant. Ironique, non ? »

Une dernière bravade avant ta mise à mort, c'est ça ? Un peu désespéré, tu avoueras.

« Ironique, oui. Il y a des journées, comme ça, que voulez-vous…

— Rassurez-vous, il y en aura d'autres. J'ai simplement dans l'idée qu'elles vous paraîtront encore bien plus longues que celle-ci.

— Je vous l'ai dit à l'instant : je suis heureux de cette issue – quand bien même, soyons honnête, j'en avais privilégié initialement une toute autre en m'en prenant à vous. Par ailleurs, j'espère que vous me pardonnerez cette toute dernière saillie à votre encontre, mais, en l'occurrence, je préfère de beaucoup mes trop longues journées à venir aux vôtres – que je pressens vous paraître, à vous, on ne peut plus courtes… »

Une oreille…

« Combien de temps, déjà ? Attendez, vous me l'avez dit tout à l'heure, peu avant que je me présente à vous… Deux mois, tout au plus, c'est bien cela ? »

… la seconde…

« Au revoir, Kevin.

— Adieu, plutôt, non ? Quand bien même je doute que vous y croyiez beaucoup. Ça doit faire sacrément peur à quelqu'un comme vous, tout ce vide – je me trompe ? Je vous comprends : vous pouvez m'en croire, cela n'est pas donné à tout le monde de pouvoir le supporter. À vrai dire, je crois que cela n'est réservé qu'à des personnes bien plus fortes que vous ne l'êtes, vous savez. À quelqu'un comme moi, par exemple. »

… et pour finir, la queue.

***

Pas moins de quatre véhicules pilèrent devant la maison, d'où s'éjecta aussitôt une dizaine d'hommes armés.

À leur propre étonnement, ils virent qu'ils n'auraient pas besoin d'enfoncer la porte, ni même de procéder à la moindre sommation. Un homme les attendait devant l'entrée, à tirer sur une cigarette qu'il venait d'allumer.

Le plus âgé des flics, qui était également le seul en civil, intima aux autres l'ordre de rester en retrait, puis s'approcha tranquillement de l'homme à la cigarette, auquel il commença par serrer la main. Puis, il échangea avec lui quelques mots. Passé deux ou trois minutes de conversation, l'homme lui indiqua alors d'un signe de tête où se diriger, puis entama sa marche vers la rue, sous le regard interloqué de la meute de policiers d'intervention toujours aux arrêts, dans l'attente disciplinée des prochaines consignes de leur supérieur.

Ce dernier appela finalement ses troupes, qui pénétrèrent alors en rang serré et flingue au poing dans la maison – lui-même demeurant sur le pas de porte, jusqu'au signal convenu lui indiquant qu'il pourrait à son tour investir sans risque les lieux.

À seulement quelques pas de sa voiture, l'homme à la cigarette s'arrêta brutalement, victime d'une violente quinte de toux qui le plia en deux et incita le flic resté à l'entrée à se retourner.

« Tout va bien, Monsieur ?

— Ça va, Darmon. Et ça continuera d'aller si tu fais bien en sorte que personne ne sache que tu m'as vu ici.

— Vous inquiétez pas, Commissaire, je serai une tombe, et vous pouvez aussi compter sur mes louveteaux pour que rien ne transpire. Mais vous êtes sûr que vous n'avez pas besoin de… »

Gorce ne prit pas la peine d'écouter la suite des mots de son ancien adjoint à la PJ de Lyon. Il se redressa tant bien que mal et reprit sa marche, implorant secrètement le cancer qui le rongeait et terrorisait tout à la fois depuis des mois de lui laisser encore suffisamment de temps.

Un temps que sa rencontre imprévue avec Kevin Kotz venait d'amputer de quelques dizaines de minutes.

Ce temps nécessaire à achever sa retraite en bouclant une toute dernière enquête, puis à rejoindre Limoges afin d'organiser ses retrouvailles avec un vieil ami[1]…

1. cf. « 7 – opus 1 »

# Dérive de sang

## Joël Nivard

Dans son casque, lui parvenait la musique «sample» d'un rap aux accents toxiques. La voix frappait la syntaxe. Uppercut verbal. Il ne connaissait pas assez la langue pour comprendre les mots. Mais le tempo, la syncope lui suffisaient pour s'échapper dans un imaginaire qui l'emmènerait toujours plus loin d'ici.

Ici, c'était le pavillon gris, coincé au milieu d'autres pavillons identiques. Avec la pelouse clairsemée devant, les enclos disjoints et les jouets des gamins qui traînent depuis l'été. Le seau et la pelle colorés pour bâtir des châteaux en Espagne, le barbecue gorgé de flotte qui attendra les chipolatas du printemps prochain. Les cubis de rosé vides, éventrés et empilés contre le mur du garage. Preuve que l'été a été chaud. Et les inévitables clébards haranguant celui des voisins, pourchassant les oiseaux qui traversent le ciel bas et gris, les chats venant les narguer et les rares passants qui longent les thuyas de la clôture.

Ici, c'est la bordure des villes-dortoirs des banlieues périphériques. Dentelles de béton cernant les cités urbaines. La plupart des habitants vivent dans la précarité, le provisoire, sous les crocs des banques qui les saignent à blanc. Des crédits accumulés. Des propriétaires qui attendent le retour sur leurs investissements et du chômage qui les laisse sur leur canapé, devant la télé, à boire des bières tièdes et éventées et espérer que le prochain tirage du loto leur soit enfin favorable. Les jours meilleurs, en somme.

Ici, c'était la merde. L'oubli. Et la mort lente.

Kevin Kotz avait laissé tomber pour un temps le jeu «No more heroes» sur sa tablette. Plus de cinquante cadavres décapités, tronçonnés, abattus au fusil d'assaut. Il avait amélioré son score. Mais la vision de tout ce sang le déprimait. Les yeux plantés dans le gris du plafond, il sentait monter en lui l'ennui et la désespérance. Il aurait pu prendre un cachet pour somnoler. C'était comme ça qu'il devait faire quand l'angoisse revenait. C'était ce qu'avait dit le mec en blouse blanche, dans son bureau, à l'hôpital.

Et c'est ce qu'il faisait la plupart du temps. Somnoler jusqu'à ce qu'il s'éveille enfin. Alors que la nuit tombait et qu'il sentait l'odeur du chou bouilli dans la soupe que la vieille était en train de faire cuire.

Sa main glissa sur son ventre. Il étouffa un bâillement. Ses doigts coururent sur le tissu du jogging. Puis s'arrêtèrent à l'entrejambe. Il se caressa. Longuement, jusqu'à ce qu'il sente monter la sève et durcir le bâton. De son autre main, il ouvrit une fenêtre sur la tablette. Pianota. Chercha le site « hot sexe ». Après un nombre incalculable de pages de publicité, il eut enfin accès aux vidéos. Il choisit la même, comme toujours, celle dans laquelle une femme se faisait prendre par trois hommes aux sexes démesurés. Sa main poursuivit son chemin sous l'élastique de ceinture du jogging. Sur sa peau nue. Il s'empoigna et s'agita un très court instant. Il émit un petit geignement lorsqu'il ne put plus se retenir. Dans le film video, chacun s'activait en ahanant. Et ça durait des heures.

Plus tard, il regarda son sexe. Tenta de le raviver, mais rien n'y fit. Il se dit qu'il avait décidément une petite bite. Puis un accès de mélancolie s'empara de lui. C'était toujours le cas, après. Comme une envie d'en finir. Comme si s'éteignaient les derniers feux du jour et que la nuit entrait en lui.

Il voulut se lever pour se laver. Repoussa la tablette. C'est à ce moment-là qu'il entendit le bruit en bas. La chute d'un poids mort. Et d'un objet qui valdingue, qui cogne le parquet. Il acheva sa toilette intime avant de sortir de sa chambre et de prendre l'escalier qui descendait au rez-de-chaussée.

Elle pendait dans le vide ; la corde avait été attachée solidement au crochet de la fausse poutre. Le dossier de la chaise était couché contre les lames du parquet. Les deux pieds de la vieille s'agitaient encore. À un mètre du sol. Il regarda sa bouche ouverte. La langue épaisse qui jaillissait entre ses lèvres. Ses yeux grands ouverts, étonnamment fixe. Étonnamment vides.

Sur ses épaules frêles, sa blouse fond bleu avec des tournesols jaune criard, qu'elle avait achetée à La Redoute.com, livrée à la maison en 24 heures chrono, ondulait comme une oriflamme dérisoire. Elle lui faisait penser à ces flammes de bougie que le vent finit toujours par moucher. Elle se mit lentement à pisser. L'urine, que ses bas ne parvenaient pas à éponger, s'étalait sur le sol. Les viscères lâchaient prise. Il regardait sa peau fripée, son visage qui commençait à changer de teinte.

Il n'éprouvait rien.

Kevin remonta dans la chambre, saisit le sac à dos qui traînait dans le placard où il entassait ses affaires personnelles. Il empila les objets qui représentaient l'essentiel de sa vie. Un sweet-shirt à capuche, un bas de jogging, sa tablette et son téléphone portable. Un pistolet de marque Glock calibre 9 mm, acheté sur internet. Un poignard, manche en gomme noire, lame en inox double tranchant qu'il glissa dans l'étui fixé à son mollet. Il enfila son blouson. Vérifia d'un regard. Il n'oubliait rien. Il redescendit. La vieille continuait de se vider. Des marbrures violacées envahissaient son visage. Il gagna la chambre de la vieille. L'odeur écœurante de l'encaustique le saisit, et tout y est; le dessus-de-lit en cretonne, le papier peint à motifs que le temps avait rendu beige. Les deux tables de nuit de chaque côté du lit avec leur lampe Pigeon posée sur un napperon brodé. Dans le matelas, la marque d'un seul corps, à droite. Et la place vide à côté. Au mur, le portrait en pied d'un couple qui se tient la main. C'est l'été. Le soleil inonde la robe claire d'une femme au sourire déjà fané. Le regard de l'homme défie l'objectif, mais on sent qu'il a déjà perdu. Enfin l'armoire. Massive. En merisier, aux nervures apparentes sous le vernis poli. Deux battants fermés.

L'histoire d'une vie. Banale. Sans aspérités. La vie de tout le monde.

Le sentiment d'une tristesse irrémédiable que perfuse la mort lente.

Il ouvre les portes. Du linge empilé au cordeau qui sent le propre et la lavande. Au fond de la deuxième étagère, à gauche, derrière les chemises, une boîte de biscuits à la cuillère en métal, de marque LU à demi effacée. Il l'ouvre. Ça résiste et lui entame un ongle. Enfin, le couvercle cède. Des billets triés, 5, 10 et 20 euros. Rien au-delà. Les bouts de chandelle d'une économie laborieuse. Méthodique et mensuelle. Sa main se saisit de la liasse. Et de l'enveloppe en dessous. Kraft brun, épaisse, de laquelle il extrait les papiers qu'il parcourt rapidement. Ça suffira. Il faudra qu'il fasse avec. Mais il pouvait compter sur la vieille. Elle n'avait pas son pareil pour monter les dossiers. Elle avait cette âme de flic, pugnace et sournoise. Il fourre le tout dans la poche de son blouson. Il remet la boîte à sa place, referme les portes et éteint la lumière.

Kevin passe devant le corps pendu au bout de la corde tendue pour se rendre jusqu'à la cuisine. Il ouvre le frigo. Prend une bière. Il reste un bout de jambon dans un emballage cellophane. Il mange debout, face à la fenêtre qui donne sur la pelouse de l'autre pavillon, celui de ce voisin que la vieille ne supportait pas. Ni son chien. Ni ses gosses. Et dont la femme errait du matin au soir, en robe de chambre, quelle que soit l'heure ou la saison, depuis qu'elle avait perdu son boulot à l'usine d'emboutissage. Celle-là même dans laquelle Kevin avait été embauché. Trois semaines. Avant qu'il ne saisisse le contremaître au colback, le plaque contre le mur et lui enfonce sa cravate dans la bouche. Si deux ouvriers n'étaient pas intervenus, personne n'aurait donné cher de la peau du chef d'équipe.

Tout ça sans un mot. Juste les muscles tendus. Les bras noueux. Le regard, froid et déterminé.

Mais Kevin ne parlait jamais.

Sur la table de la cuisine, il reconnut l'écriture de la vieille, appliquée, sans rature, légèrement inclinée sur un papier quadrillé. Au stylo Bic, encre bleue. Il lut les quelques lignes qu'elle avait rédigées. Elle expliquait qu'elle mourait comme elle avait vécu. Pour rien.

Il finit sa bière. Jeta l'emballage du jambon dans la poubelle. Éructa un puissant rôt. Et alla jusqu'au garage attenant. Le néon clignota avant de trouer l'obscurité de sa lumière glauque.

Elle était là. Impeccable. Comme neuve. Marque Citroën, Dyane 1972, à la carrosserie bleutée. Bâche grise. Polishée à la peau de chamois. La clé de contact était dans le tiroir de l'établi. Elle démarra au quart de tour avec ce bruit caractéristique du moteur deux cylindres. Il jeta son bagage à l'arrière. Sorti et referma le volet métallique du garage. La nuit tombait et, du ciel bas, un crachin minutieux détrempait la fin du jour. Il fit craquer la première. Il fallait que son pied s'habitue à la pédale de débrayage. Tandis qu'il s'éloignait, dans le rétroviseur, il aperçut le pavillon dans lequel toutes les lumières étaient éteintes. Comme dans la plupart des autres maisons du lotissement.

Bientôt, l'odeur de putréfaction envahirait les autres pièces. Son corps achèverait de se vider. Ils mettraient plusieurs jours avant de la découvrir.

Ici, personne ne s'occupait de la vie du voisin.

Encore moins de sa mort.

La Dyane quitta la zone et prit le boulevard de ceinture qui contournait la ville. Il remit son casque sur ses oreilles pour couvrir les décibels du moteur. La musique du rap descendit profondément en lui. La voix gutturale, les basses et le tempo lancinant. La violence qui cognait dans sa tête. Dans son ventre. Comme dans des baffles à bout de souffle.

Il prit la bretelle ouest pour gagner les zones industrielles et les centres commerciaux qui bordaient la ville. La circulation commençait à grossir. Chacun rentrait chez lui, dans sa banlieue. Dans sa zone. Dans sa solitude. Dans son clapier. Ce n'étaient que des lapins. Ils reproduisaient indéfiniment leur putain de race de léporidé. Avec l'acharnement des stakhanovistes.

Kevin était né de ça. Lui aussi. De cette erreur. De cette faute. Il y a 32 ans.

L'enseigne lumineuse d'un hypermarché s'élevait au-dessus des barres d'immeubles. Les boutiques de la galerie marchande attenante inondaient de lueurs crues les allées encombrées de caddies. Il y avait les inévitables lunetiers, les marchands de téléphones, et toutes les franchises du prêt-à-porter. Des uniformes pour lapins et lapines. Sur le parking, il trouva un emplacement un peu à l'écart des autres véhicules. Il éteignit ses phares. Attendit que le morceau de musique s'achève. Puis il ôta son casque. Les lapins poussaient des chariots gavés de bouffe et de choses inutiles qui, un instant, égaieraient leur morne vie de rongeur. Maintenant, la nuit était totale et les lampadaires se courbaient dans le vent qui venait de se lever. Il repéra la jeune femme qui maintenait à deux mains le col relevé de son manteau. Elle avait déposé son enfant sur le siège arrière, avant d'enfourner dans le coffre de son Audi le contenu complet d'un caddie pour une famille probablement nombreuse. Elle actionna la télécommande et se dirigea d'un pas altier vers l'entrée de la galerie, à l'angle qu'occupait la succursale d'une agence bancaire. Par deux fois, elle se retourna. S'assura que sa progéniture ne s'emparait pas du volant. Puis elle gagna le sas violemment éclairé dans lequel se trouvait le distributeur de billets.

Il sortit de la Dyane. Releva le col de son blouson et abaissa la capuche de son sweet-shirt. Il repéra les caméras de surveillance qui balisaient l'ensemble du parking. La Citroën se trouvait dans un angle mort. Un vieil homme sortit de la banque en reboutonnant son manteau, il rajusta son chapeau avant de courber son corps fêle dans le vent qui soufflait de travers.

Il resta près du garage à chariots. Baissa le corps sur le fléchissement des genoux. Personne autour de lui. Les consommateurs, tête baissée, faisaient des allers et retours, comme des lapins mécaniques enfouissant leurs provisions pour l'hiver dans leurs terriers.

Il sentit sous sa main le manche en gomme. Il resta ainsi, sur la flexion, jusqu'à ce qu'il aperçoive la jeune femme revenir en enfouissant les billets dans son sac à main. Il sortit le poignard de son fourreau.

Deux Officiers de police judiciaire avait délimité la scène de crime. Le dessin sur le sol baignait dans un mélange de pluie et de taches d'huile de moteur. Mais on y distinguait parfaitement la silhouette. On avait retrouvé le corps là. À côté des chariots enfilés les uns dans les autres. Ce sont les cris de l'enfant dans l'Audi qui avaient attiré l'attention. Sous le sein gauche, une large blessure béante laissait un flot continu se répandre sur le tissu de l'imperméable. Les jambes en croix de la femme ainsi que les bras le long du corps laissaient supposer qu'elle ne s'était pas défendue. Ou n'avait pas eu le temps. L'effet de surprise peut-être. La lame était entrée de bas en haut et avait frappé le cœur.

— Elle n'a pas eu le temps de souffrir… commentait un policier.

— Ouais, c'est ce qu'on dit toujours, mais personne n'en est revenu pour le confirmer ! répondit l'autre.

Les gyrophares des véhicules de police frappaient les contours de la nuit. Les badauds s'agglutinaient autour. Personne n'avait rien vu. Rien entendu. Sauf la femme, un peu plus loin, visiblement choquée, qui avait découvert le corps alors qu'elle était alertée par les pleurs de l'enfant. L'instinct maternel. Puis une vision d'horreur.

Deux autres voitures de police arrivèrent toutes sirènes hurlantes. Dans la foule, les conversations allaient bon train.

— C'est les chefs, sûrement !

— Comme toujours, quand le boulot est fini. C'est bien partout pareil !

— Un crime de dealer, un sac à main, quelques billets de ménagère fauchée.

— Le manque du produit.

— C'est qu'il faut voir les trafics par ici !

— Pas besoin d'être un limier de première bourre, y a qu'à ouvrir les yeux.

— De toute façon, ils le savent. Ils les connaissent !

— Ils laissent faire. Le laxisme de la police, c'est pas d'hier…

Un autre véhicule vient chercher le corps. Dans la housse, la fermeture Eclair vite remontée, direction l'hosto pour l'autopsie. On avait ouvert les portes de l'Audi. Extirpé le gamin. Une jeune femme en uniforme et brassard « Police » tentait vainement de faire cesser les pleurs. Peu à peu, les gens se retirèrent. Il n'y avait plus rien à se mettre sous la dent. On avait embarqué le corps. Il ne restait plus que des flics qui mesuraient, d'autres qui glissaient d'infimes indices dans des poches en plastique. La routine.

Il roula une partie de la nuit. Jusqu'à ce qu'il sente la fatigue lui tomber sur les épaules d'abord, les paupières ensuite et qu'il fasse une embardée sur la chaussée gorgée de pluie. L'autoroute ne semblait plus en finir. La succession de camions sur la file de droite s'échelonnait comme un mur rugissant, envoyant des paquets de flotte sur les pare-brise. Les essuie-glaces de la Dyane ne fournissaient pas et chaque coup de vent secouait la carcasse de la voiture, comme si elle avait été prête à se rompre. Plusieurs fois, il dut récupérer d'un coup de volant.

Il parvint à trouver une faille et à se glisser dans la file pour gagner l'aire de repos. Il y avait peu de véhicules aux pompes à carburant et quasiment pas sur le parking. Il stoppa un peu à l'écart. Ota son casque. Ferma les yeux. Les images revinrent toutes seules. L'anse du sac qui cède sous la pression de sa main. Les yeux que la peur écarquille. Le cri prêt à jaillir. On ne lui laisse pas le choix. Il porte le coup. La lame affûtée traverse le vêtement et pénètre la chair sans la moindre opposition. Jusqu'à la garde. Le corps s'écroule instantanément. Il a la bride du sac dans la main. Il essuie promptement la lame sur le vêtement de la femme. Coup d'œil rapide. Personne. D'un pas paisible, il gagne la voiture. Glisse le sac sous le siège avant. Démarre calmement. Et prend la direction de la sortie du parking. Avant de se couler dans le flot des véhicules sur la bretelle. À peine a-t-il entendu un cri. Peut-être. Il n'est sûr de rien.

C'est seulement après qu'il retirera sa capuche

Pas un seul de ses muscles n'a tremblé.

Pas une seule émotion.

Tout est allé si vite.

Maintenant, Kevin prend le temps de fouiller le sac. Un vrai sac de femme. Où tout est en vrac. Les deux billets retirés au distributeur sur le dessus. Avant d'atteindre le portefeuille, il doit passer en revue les tubes de rouge à lèvres et de mascara, le fond de teint, le foulard et divers emballages de médicaments. Deux autres billets glissés entre les feuilles, une carte de crédit et une dizaine de fidélité, un peu de monnaie.

C'est fin de mois chez les lapins.

Garder l'argent. Le reste, il s'en fout. Dans une poubelle métallique, il vide le contenu du sac. Puis le sac, les papiers d'identité. Enfin, il met le feu, avant de se diriger vers la station. Trois hommes, debout autour d'une table ronde, vident des cafés en poudre dans les gobelets en plastique issus du distributeur automatique. Des visages las. La fatigue des kilomètres avalés sans pause, les cernes sous les yeux, les rides qui creusent les joues, les mains qui enserrent le récipient, à la recherche d'une chaleur qui a déserté leurs corps.

Une jeune femme passe une serpillière sur le sol des toilettes. Elle a la même odeur que celle de la lavande synthétique qu'elle étale à grande eau. Il s'aperçoit dans la glace au-dessus des lavabos. Pas mieux. La fatigue est entrée en lui. Il emplit ses deux mains jointes d'eau glacée et passe son visage dedans. Plusieurs fois. Jusqu'à ce que le liquide finisse par anesthésier la torpeur qui s'est immiscée sous sa peau. Dans ses bras et ses épaules. Après, ça va mieux. Il va pisser en visant la lunette.

Il boit un café. Puis un deuxième, avant d'extraire une viennoiserie molle d'un emballage en cellophane. Son regard erre sur les gens qui entrent et qui sortent. Des lapins endormis. Le courant d'air passant par les portes automatiques est froid. Il frissonne. Ça ne sert à rien d'attendre plus longtemps. Il balance ses déchets dans le sac en plastique prévu à cet effet. Puis, il sort dans le plein vent. Il va jusqu'à la Dyane. Prend la couverture. Celle qui ne quittait jamais le coffre. Il s'enroule dedans avant de se coucher en chien de fusil sur la banquette arrière. Il entend le bruit des camions au loin. Comme un bourdonnement ininterrompu.

La route est encore longue.

Il le sait.

Des rêves traversent ses songes.

Des rêves de sang.

Puis le sommeil lui tombe dessus.

Il avait passé la soirée à confectionner des mouches, notamment des culs de canard. Mais Hervé Gorce s'était vite rendu compte qu'il n'avait plus la dextérité des doigts. Plus l'acuité de la vue. Il avait mis un temps fou pour en réaliser une douzaine. Tout en pestant contre les vieux et la vieillesse, cette saloperie qui lui bouffait le temps qu'il lui restait. Et Gorce savait que tout ça n'irait pas très loin. Un putain de crabe s'était mis à lui faire des misères dans le poumon droit. Il soufflait pour monter les étages et des quintes violentes secouaient la solitude de ses nuits. La retraite n'avait plus beaucoup d'illusion à se faire.

Pourtant, là, il se sentait bien. Sur les bordures du ruisseau de Parneix, à une petite dizaine de kilomètres de La Villedieu, au milieu des fougères, alors que le jour grimpait dans le ciel et qu'une lumière opaque nimbait les tourbières. Le Plateau de Millevaches restait toujours une attraction visuelle, que ce soit par les teintes que prenaient la diversité de la végétation ou par les changements de nuances selon l'avancée des heures de la journée, jusqu'à l'obscurité des sous-bois, profonde et odorante. Il venait de faire deux coups dans des trous d'eau et la montée soudaine d'une fario lui avait donné du fil à retordre pour la sortir. Le scion de sa *Jacky Boileau*, qu'on lui avait offerte lors de son départ de l'Hôtel de Police, avait fouetté l'air avant de déposer l'appât dans le remous. Et que la gueule du carnassier le happe avec voracité, jaillissant au-dessus de l'eau d'un coup de nageoire puissant. Pour des images comme ça, Gorce était capable de faire les 120 kilomètres aller-retour d'une route tortueuse et près de 3 heures de route. Il prit une poignée de fougères dans ses mains et saisit le corps de la truite qui eut encore un soubresaut. Avec délicatesse, il retira la mouche que le poisson avait avalée au-delà de la glotte et le jeta dans la benatte qu'il avait laissée sur le sol. Un peu plus en amont, de l'autre côté du ruisseau, il aperçut la silhouette de Dumont, immobile, qui, du poignet, fouettait le scion de sa cane. Gorce le rejoignit alors qu'il moulinait le fil de sa canne. Il regarda son collègue, puis le ciel et enfin sa montre. C'est l'heure, semblait lui dire l'ancien commissaire. L'autre acquiesça. Releva la bordure de son Stetson et d'un pas lourd, traînant la boue de ses bottes, le rejoignit.

Ils laissèrent leur tenue de pêche à l'arrière du Renault Kangoo.

— J'en ai fait trois et loupé deux. Je perds la main.

— Pas mieux. Mais de la belle.

Une demi-heure plus tard, il poussait la porte de *L'Atelier*, restaurant de Royère-de-Vassivière. Cantine d'habitués à cette saison de l'année. *L'Atelier* affichait une carte sans autre prétention que d'offrir une cuisine locale de qualité faite avec des produits du jardin, de la viande d'animaux élevés dans le plein air des herbes du plateau, le tout accompagné d'une convivialité de service qu'assurait une jeune femme au sourire avenant.

Ils prirent un coup de blanc au comptoir. Juste un, parce qu'il y avait de la route et que la gendarmerie restait vigilante. On leur trouva une table un peu à l'écart. Dumont avait l'air soucieux.

— Putain ! J'en ai encore un qui divorce. L'an dernier, c'était la fille et là, paf, c'est au tour de Clément. Je sais plus où donner de la tête.

— C'est pas ton problème.

— On voit bien que t'as pas eu de gosse !

— Ah ! non ! Pour moi, la reproduction a toujours été un plaisir solitaire. Pas assez beau ni intelligent pour risquer qu'un innocent me ressemble.

Ils convinrent d'un petit rouge de Loire, léger comme le cabernet franc, à la fois rustique et gouleyant.

— Ben eux, ils en ont fait des gosses. Et après, pour les assumer… ils pensent aux vieux comme Marie et moi. Vous n'avez que ça à faire ! C'est leur leitmotiv. En fait, c'est eux qui font notre agenda. Tu connais pas la chance que t'as.

— Si.

Gorce sourit à son ancien collègue qui attaquait un tajine d'agneau aux abricots. Ils étaient partis de la judiciaire à un an d'intervalle. D'abord Gorce. Ils avaient bossé ensemble, mais dans des services différents. Dumont à la financière. Et Gorce ne se souvenait pas que Dumont n'ait pas une seule fois évoqué de problèmes avec sa progéniture. D'autant qu'il s'en souvienne. Du fric qu'il fallait avancer pour boucler le crédit. Des réparations imprévues. Prêter la voiture. Alors forcément, l'âge aidant… Ils recomposaient des familles. À l'identique. Gorce changea le cours de la conversation.

— T'as des nouvelles de Mouillard ?

— Mouillard ?

— Tu sais bien, celui dont la femme s'est tirée avec le notaire véreux.

Dumont réfléchit en achevant la semoule.

— Ah ! Mouillard… aux dernières nouvelles, il est en maison de repos. Il a voulu se foutre en l'air. Résultat des courses, cachetons et intraveineuses pour calmer un sommeil agité. Un légume lobotomisé, paraît. Encore un qui n'en profitera pas longtemps, de sa retraite !

La conversation continua. Entrecoupée de verres de Touraine. Et de ces banalités qui enfoncent les portes ouvertes.

C'était toujours comme ça, les conversations des vieux, ça tournait toujours autour des morts.

Ils rentrèrent en fin d'après-midi. Gorce fit cadeau de ses truites à Dumont.

— T'en donneras à tes gosses ! Je suis sûr que ça leur fera plaisir. Et moi tout seul, j'ai pas goût à la cuisine.

Ils se séparèrent après une brève poignée de main et la promesse de remettre ça dès que possible.

La pluie se mit à tomber quand le Kangoo tourna pour prendre le cours Gay-Lussac.

Gorce eut une toux sèche qui lui fit monter les larmes aux yeux. Le cancer le rappelait à l'ordre.

C'était un ami vigilant qui n'oubliait jamais ses obligations.

Il maintenait le canon du Glock sur la tempe, à bout touchant. Il pouvait voir le sillon de sueur qui glissait le long du crâne chauve jusqu'à la paupière. Les lèvres blêmes, le tremblement des mains sur la nuque et sentir la trouille qui devait souiller la couture de son caleçon.

Ce qu'il ne pouvait pas voir, c'était le regard soumis d'un automate paniqué.

Il remonta le chien et ôta le cran de sécurité du pistolet. Du plat du canon, il désigna l'argent par terre. Et poussa le sac-poubelle à côté du bout de sa chaussure. L'autre plongea ses mains dans la caisse et la vida dans le contenant pour ordures habituellement ménagères des quelques billets ainsi que des pièces de monnaie d'une recette de misère.

C'est le moment que choisit la vieille pour venir de l'arrière-boutique voir ce qu'il se passait. Le cri qu'elle allait proférer resta dans sa gorge. Le Glock émit le bruit caractéristique de la balle percutée. Et elle eut juste le temps de porter sa main à sa tête avant de s'effondrer en arrière, entraînant dans sa chute une gondole de boîtes de conserve qui roulèrent sur le sol.

— Monsieur, ne tirez pas, je vous en prie, monsieur, s'il vous plaît !

Il geignait que ça en devenait répugnant. Kevin pouvait entendre les sanglots. Il fallait que ça cesse.

— Prenez tout ce que vous voulez… mais je vous en prie…

Il percuta une nouvelle balle qui explosa la cervelle de l'homme à genoux. Des bouts de chair sanguinolente mouchetèrent le carrelage. Il se baissa pour ramasser le sac-poubelle. Une femme entra par la porte donnant sur l'extérieur. Elle traînait son chariot de marché au bout de son bras. Elle était jeune et eut un temps d'arrêt en croisant le regard de Kevin. La troisième balle qui jaillit du Glock lui déchira la poitrine sous le sein gauche. Elle mourut instantanément. Il émit un souffle profond qui vida ses poumons et balaya du canon de son arme l'espace vide du magasin. Il sortit à reculons, comme il l'avait vu faire dans les films à la télé.

Dehors, il n'y avait personne. Il quitta le parking de la supérette et partit sans encombre. Seules des bourrasques de vent malmenaient l'enseigne et envoyaient au diable les emballages et autres détritus qui dégueulaient de la poubelle renversée.

Il avait laissé l'autoroute après s'être rafraîchi dans les toilettes de la station de l'aire de repos. Des courbatures, reste de sa nuit passée sur l'inconfort de la banquette de la Dyane, cisaillaient son dos. Les douleurs reprenaient. Pour qu'on s'en souvienne. Depuis le début. Vieillir, c'est devenir vieux. Mais avant ? Comment on appelle ces années un peu floutées, les années entre-deux, dans lesquelles on commence à crever à petit feu ? Des années avant qu'on bascule ? Il n'avait pas de réponse.

Il avait bu un café, ajusté les écouteurs sur ses oreilles, monté le son et avalé une vingtaine de kilomètres avant de prendre la première sortie pour rejoindre la route nationale. Entre des rangées de chênes et de châtaigniers, le ruban se déroulait, droit, quasiment désert. La pluie pissait du ciel bas et, par intermittence, venait mourir sur le pare-brise, laissant les essuie-glaces balayer de leurs caoutchoucs usés des larmes d'eaux grasses sur la surface lisse.

C'est dans la courbe qu'il avait aperçu la supérette, paumée au milieu de nulle part. Avec ses deux pompes à essence qui avaient rendu l'âme et le portail en fer du garage sur lequel pendaient encore les panneaux publicitaires délavés des marques d'huile, de bougies et autres pneumatiques. Il ne restait plus, attenante, que la boutique, aménagée en supérette de dépannage.

Et il avait besoin d'argent.

Gorce alla jusqu'à la fenêtre. L'automne avait étalé dans le ciel bas un matelas de nuages qui finiraient par crever, avant la fin de la matinée. Il avait mal dormi. Comme souvent. Des nuits entrecoupées d'éveils brusques arrachés par des quintes de toux. Puis il se rendormait, mais rien n'était plus tout à fait pareil. Jusqu'au petit matin. Il s'éveillait tôt et traînait dans le lit en écoutant la radio. Des nouvelles le plus souvent sans intérêt. Puis, la vie reprenait son cours avec ces habitudes dont il ne parvenait pas à se défaire. Même les jours comme aujourd'hui où il devait se rendre à l'hosto pour son injection de chimio. Toutes les trois semaines. Le rituel de la mort lente. Un café serré, sans sucre, comme petit-déjeuner, l'envie de fumer une clope qu'il enfouissait dans une partie obscure de son cerveau.

Après la douche, il s'habilla chaudement et sortit. Il remonta le col de son blouson. Traversa le Champ de Juillet, transformé en parking payant depuis peu et dont les véhicules pouvaient se compter sur les doigts d'une main. Il remonta l'avenue de la Libération et s'arrêta au bar-tabac qui faisait l'angle avec l'avenue Garibaldi, *Le Berrichon*. Il acheta *Le Populaire*. La patronne derrière la caisse le salua d'un sourire avenant, celui qu'on réserve aux habitués, comme les journaux, aux quotidiens. Déjà les parieurs et autres acharnés du tirage et du grattage jouaient les derniers euros de leur RSA. Ça sentait le café qui dure et l'espoir de palper enfin un peu la croupe de cette putain de chance qui se refusait obstinément. Il ne buvait que très rarement sur le comptoir du bar-tabac, trop bruyant pour lui. Il aimait les petits rades à l'ambiance feutrée, aux clients vintage, dans lesquels le temps s'écoule encore en douceur.

Il prit la rue du Général Cerez et traversa le boulevard Carnot. S'arrêta pour réprimer une toux. Un léger essoufflement. Il laissa traîner son regard sur les transports. À cette heure, les trolleys charriaient leur lot de retraités et de femmes colorées qui, des quartiers nord, « descendaient » en ville. Il longea le square Stalingrad dont les bancs restaient résolument vides. Un attroupement devant le portail de la préfecture : des drapeaux rouges ciglés CGT, un porte-voix qui harangue le peu d'hommes et de femmes aux visages résignés. Cette lassitude de ces corps abandonnés par une société qui tranche et décide pour eux avec une brutalité d'équarisseur des abattoirs. Toutes ces vies qui iront nourrir courbes et autres statistiques en attendant l'inespérée inversion des tendances, ce fatras de mots pour leur dire que c'est fini, mais qu'ils ont raison de conserver l'espoir. L'espoir de quoi ?

Il contourne le cortège et change de trottoir dans la rue Daniel-Lamazière, jusqu'à la rue des Combes, avant d'apercevoir la buée qui commence à transpirer sur les vitres de *L'Échanson*. Ce parcours-là, il l'arpente chaque jour. Il pourrait le faire les yeux fermés.

Laurent est derrière le comptoir. Son corps d'échalas courbé sur le zinc. Quel que soit le jour ou l'heure, toujours content de voir entrer un client chez lui. Le regard clair et les doigts occupés autour d'un cul de verre ballon. Dedans, la couleur fanée d'un chablis. La poignée de main est ferme. Depuis le temps, ils n'ont pas besoin de mots pour se comprendre. Gorce traverse la salle et se rend à sa table habituelle, dans le coin, là où on peut voir à la fois la Préfecture et l'angle de la rue des Combes descendant vers l'arrière de la poste centrale. Il ouvre le journal du jour tandis que Laurent lui apporte un verre de vin blanc. L'ex-flic regarde le liquide. Il reconnaît la teinte si particulière du chardonnay. Passe le col sous son nez.

— J'ai plus de salive, plus de goût…

Le jeune taulier a un sourire qui en dit long sur leur connivence.

— Tu ne veux pas que je t'amène un verre d'eau, commissaire ?

Gorce se marre.

— Non, mais je vais faire comme si…

Il lira *Le Popu*, sans sauter une seule ligne. Des décisions du conseil municipal de la ville jusqu'aux vendanges des coteaux de Verneuil qui seront exceptionnellement avancées cette année. Il sèchera ses deux ballons de chablis. Ça l'amènera jusqu'à l'heure intelligente que se donnent les habitués pour fraterniser autour d'un apéro. Les rires et les dernières histoires drôles auront raison de sa mélancolie. Quatre syndicalistes au béret rouge et au drapeau en berne viendront partager le même goût de la défaite et s'épancher sur les lendemains qui finiront bien par chanter un jour. Il laissa un peu de monnaie sur la table ainsi que son journal. Il sortit dans le vent et la pluie qui mouillait mollement le sol. Il descendit la rue des Combes et gagna la station de bus en face de l'Opéra-Théâtre. La ligne 10, direction Charles-Legendre, arrêt CHU Dupuytren.

Là-bas, quelqu'un l'attendait.

Il s'est arrêté en bordure de forêt. La pluie avait cessé, mais de gros nuages encombraient encore le ciel et on sentait bien que tout ne tenait qu'à un fil. Il a fait les comptes. Les billets et les pièces. Par ordre décroissant. Des tas et des empilements. Cent cinquante six euros et trente-deux centimes. Le tout déposé sur le siège à côté de lui. Il devait se rendre à l'évidence. Les lapins n'avaient plus de tune.

Dans son casque, la musique cognait. Uppercut et swing. La cadence des mots. Les frappes sèches. Quand on est dans les cordes. C'est ce que Kevin ressentait. Un aveu d'impuissance. Accepter les coups. Et cette putain de lassitude. L'envie d'en découdre. L'envie d'en finir. Il chercha la boîte de médocs. Il prit un cachet. Laisser le temps à la paix d'entrer en lui. Il ferma les yeux. La musique. Et les gouttes qui frappaient le toit de la Dyane. Mais il ne les entendait plus.

Il repensa à la vieille. Il revit son corps pitoyable, boudiné dans sa blouse fleurie comme un jour d'été, ses savates de femme de ménage posées sur le sol, comme deux pas qui auraient fini d'avancer. Ses chevilles qui avaient enflé. Elle avait dû finir de se vider. Les vers commençaient à becqueter la chair putride.

La vieille et lui, c'était vingt-cinq ans de vie commune. De silence et de haine. Avec son mari, le Lucien, c'était pas pareil. Lui, il cognait quand ça n'allait pas. Et ça n'allait pas souvent. Mais ça n'a pas duré longtemps. Cinquante ans de pastis, ça finit par terrasser même les meilleurs. Un matin, il ne s'est pas réveillé. On n'a pas su ce qui avait lâché en premier, du foie ou du cœur. Mais tout le monde s'en foutait. Lucien était mort. Dans une mare d'excréments, le teint jaune, aussi jaune qu'une étiquette de bouteille de pastis. Dans son lit. Dans son sommeil. Dans sa nuit. Et personne n'avait rien entendu. C'était l'époque où la vieille dormait le plus souvent sur le canapé dans le salon, là où elle devait pendre comme un vieux bout de barbaque cernée par les mouches.

Il lui menait la vie dure à la vieille. Comme à tout le monde. Et Lucien, personne ne l'a regretté. Même pour son enterrement, cinq personnes dans le cimetière, un trou ouvert au bout d'une allée de terre battue. La vieille et lui, distants, plus deux copains de comptoir aux trognes avinées et le patron du bistrot qui, comme souvent, affichait une mine de faux cul au regard fuyant. Il voyait simplement disparaître une partie non négligeable de la recette quotidienne. Lucien, il n'était pas regardant pour remettre sa tournée.

Lui ne ressentait rien. Lucien et la vieille, c'était sa famille depuis l'âge de sept ans. Depuis qu'il avait été placé là. Sa mère biologique s'était perdue entre les amphétamines, les mauvais trips aux seringues rouillées et les alcools forts engloutis au goulot, les amants occasionnels, nombreux, nomades. Né de père inconnu, avait tranché l'administration. Il avait du mal à retrouver des souvenirs précis de ses premiers pas dans sa vie. Y compris le visage de sa mère. Flouté dans des souvenirs obscurs. Comme si la faculté qu'il avait d'oublier ces années-là se diluait dans sa mémoire d'enfant. Le déni d'avoir existé avant.

Jamais il n'avait revu sa mère. Jamais elle n'avait souhaité le revoir.

Elle était morte.

Avec la vieille, ça faisait une dizaine d'années qu'ils vivaient tous les deux, seuls. En silence. Son veuvage lui avait fait reporter toute son affection sur le culte de Lucien. Comme si elle ne voulait se rappeler que de ce temps où il était un ouvrier maçon qui, au moment de leur rencontre, rêvait de monter son entreprise, de réussir sa vie, avec elle. De la prendre dans ses bras puissants et de s'accaparer cet avenir radieux auquel ils ne pouvaient pas échapper. L'époque de la photo sur le mur de la chambre. Celle du bonheur qui sent le linge propre et la lavande fanée.

Quand est-ce que le train avait déraillé ?

Elle dirait lorsqu'elle avait perdu leur enfant et qu'elle avait su qu'elle ne pourrait plus jamais en avoir un autre. Petit à petit, le Lucien s'était mis à rentrer plus tard. Avec l'haleine chargée. La voix encombrée, le geste maladroit et la démarche approximative. Un héron sur des échasses. Ça commence souvent comme ça, la débandade. Quand un espoir s'effondre au fond de soi.

Alors, ils avaient décidé de prendre un autre gosse. Un déshérité. Un qui n'avait aucune chance de s'en sortir sans eux. Kevin.

Un qui avait le regard droit. La peau blême et le sang froid.

Un visage d'assassin, avait pensé la vieille.

Sans savoir.

Il dut s'assoupir.

Il avait beau dire, mais les séances le fatiguaient. Au-delà de la perfusion, de la demi-heure durant laquelle la chimie se mêlait à son sang, il y avait l'attente. Les autres autour. Leurs visages aux traits tirés. Cette teinte bistre qui envahissait peu à peu leurs visages. Le site qui apparaissait sous la peau fine de leur poitrine glabre. Cette résignation dans le regard. L'air de dire qu'on sait plus où on en est. Mais qu'il reste toujours une porte ouverte. Quelque part, dans l'infini de l'espérance.

Est-ce qu'il avait la même gueule que la leur ? Celle de cette défaite programmée ?

Gorce se demandait à quoi ça servait. La fin, chacun la connaissait. Ils avaient l'habitude et la pratique. L'inéluctable ici avait son sens. Il n'y a que le temps qu'ils ne maîtrisaient pas. Il écoutait les mots rassurants de l'oncologue, traduisait le sourire bienveillant de l'infirmière. Cette neutralité face à ce qu'ils ne maîtrisaient pas. Mais qui était capable de prévoir l'avenir ? Sûrement pas la science.

Une fois encore, il désossa la carcasse du revolver. Mit à nu l'axe du barillet et le dégagea. De ses mains, il nettoya chaque pièce avec un chiffon gras et une attention toute particulière. Son Smith & Wesson, c'était comme les mouches pour la pêche. Il fallait que la rigueur soit exemplaire. Puis avec d'infinies précautions, il remonta les mécanismes. Vérifia que tout était raccord.

Il posa l'arme sur son bureau. La lumière de la lampe éclairait l'acier nickelé du révolver, la crosse plus sombre, en matière synthétique. Il aimait les armes pour leur esthétique.

Il chargea les 6 chambres de balles 9x33 mm R. Remit le barillet sur son axe. Une dernière fois, il passa le chiffon sur l'objet, avant de le ranger dans le tiroir de son bureau. Il savait que ce serait la dernière issue. Il l'avait d'abord envisagée, prévue, avant que ça devienne une évidence. Il ne crèverait pas la gueule ouverte, rongé par un adénocarcinome.

Les sorties ont souvent une issue imprévue. Pas la sienne.

Jusqu'au bout, Gorce voulait rester maître de la fin.

Il se saisit du verre devant lui, cala son dos dans le fauteuil. Le meursault était à température de cave. Il regarda la nuit qui descendait, comme un rideau qu'on tire sur la vie. Il but une gorgée. Le goût de ferraille, l'absence de salive. Chimio de merde. La vie qui n'a plus de goût à rien. Si même les arômes du vin…

Dans les enceintes Bose, la guitare et la voix de Garry BB Coleman.

Jusqu'au moment où il faudra bien que tout s'arrête.

C'est le poids d'un regard posé sur lui qui le fit sursauter. Sortir de sa torpeur. Ils étaient là. Deux visages, le nez contre la vitre de la voiture. Quatre yeux qui l'observaient. Ils eurent un mouvement de recul quand il ouvrit les paupières et les dévisagea. Deux gamins, treize, quatorze ans peut-être. Des têtes d'adolescents boutonneux, au crâne rasé. La morve dégoulinant de leurs narines à vif. Des tatouages apparaissaient du col ouvert de leurs blousons jusqu'à leurs joues qu'ombrait un pâle duvet. Le bas de leurs jeans enfoui dans le contrefort de la Doc leur donnait une allure paramilitaire. Que renforçait les Perfecto sanglés sur leurs corps alourdis par les sodas et la bouffe de fastfood. Les doigts gantés de leurs mains serraient des battes de base-ball. Regards butés, immobiles. Ils avaient vu le fric étalé sur le siège.

L'un deux leva la batte au-dessus de sa tête et l'abattit sur la vitre qui explosa. Kevin se protégea des éclats et se coucha sur le siège. Le vent passa par l'ouverture amenant son odeur de sous-bois détrempé. La seconde batte étoila le pare-brise sans le fracturer. Il se laissa glisser sur la fausse moquette du tapis de sol. D'une main, il récupéra le Glock dans la poche de son blouson. Un troisième coup enfonça la portière et une charnière céda. Ils étaient de chaque côté de la Dyane. Et frappaient en cadence. Jusqu'à ce qu'ils s'épuisent. Il n'avait pas bougé. Son poing fermé sur la crosse. Il pouvait entendre leurs souffles.

— Tu vas sortir, enculé !

— On va te défoncer ta bagnole et ton cul.

— Aboule ton fric, enculé.

Son pouce déverrouilla la sécurité de l'automatique. Un dernier coup vint mourir sur l'aile. Il entendit le bruit des bris de verre du phare gauche. Il se releva lentement en signe de reddition. Ils l'attendaient, de part et d'autre. Les battes sur le côté, en position de frappeur dans le jeu de baseball. Il s'extirpa de la voiture, laissant sa main armée hors de vue des lascars. Posa le pied sur la terre ferme. L'un d'eux recula tandis que l'autre faisait mouliner la batte. Quand il fut debout, il leva le bras. Les deux premières balles furent pour celui de droite. Dont le corps s'abattit lourdement. L'autre eut un mouvement de recul et tenta de s'échapper. Il se prit la Doc dans une souche et s'écroula au pied de l'arbre. Kevin avança sur lui. Bras tendu. Le gamin roulait des yeux effarés. Il lui logea deux balles en pleine tête.

Fils de pute ! Putain de ta race de lapin !

Après, il traîna les corps et les bascula dans la voiture. Récupéra l'argent. Dans la poche d'un des deux lascars, il trouva les clés de leur scooter. Il vérifia qu'il n'oubliait rien. Et déchira un morceau de couverture qu'il trempa dans le réservoir d'essence. Bientôt il fut imbibé. Il mit le feu à la mèche qui, lentement, s'enflamma avant d'embraser la Dyane. Totalement.

Il sortit du sous-bois. Personne en vue. Au loin, à l'autre bout d'une immense parcelle de terre dont les chaumes ras ondulaient sous le vent, l'imposante bâtisse d'une dépendance se découpait sous le gris du ciel. Un mince filet de fumée s'échappait de la cheminée. Il ne pleuvait plus. Il grimpa sur le scooter qui répondit au premier tour de clé. Boucla son blouson, coiffa un des casques et disparut dans les lacets de la route. Derrière lui, une montée de suie noire passant au-dessus de la canopée tentait de gagner l'amoncellement des nuages. On aurait cru que la forêt était en feu.

Gorce somnolait quand on sonna à la porte de l'immeuble. Il regarda l'heure à son bracelet-montre, les aiguilles indiquaient vingt-deux heures douze. Les visites étaient plutôt rares. Surtout à cette heure. Ce devait être un de ses voisins qui avait oublié ses clés. Comme souvent. Surtout celui du dessous. Un habitué. Il sonnait chez lui, sachant qu'il dormait peu et jamais de bonne heure. Il déclencha la serrure automatique de la porte d'entrée. Se leva. Il n'avait pas faim et cette absence de goût n'était pas faite pour lui stimuler l'appétit. Il rangea la bouteille de meursault dans sa cave à vin. Constata la vacuité de son réfrigérateur. La guitare de Popa Chubby transcendait le « Hey Joe » de Jimmy Hendrix. Il n'entendit pas monter dans l'escalier. Pas plus que l'ascenseur.

Il gagna la baie vitrée. L'ouvrit et s'accouda à la rambarde de la terrasse. Plongea son regard dans l'obscurité du champ de juillet. Le monde de la nuit se mettait inéluctablement en place. Il devinait plus qu'il ne voyait les arpenteuses du bitume sur le trottoir en face, dans l'abri du bus, le téléphone à la main, la jupe courte et le regard luisant ourlé de mascara, traquant les clients dans les véhicules qui descendaient lentement le cours Gay-Lussac. Il entendit au loin la sirène d'une voiture de police qui décroissait en descendant vers la Vienne. Il n'avait pas de nostalgie de son ancien métier. Ni regrets ni remords. C'était passé, comme le reste. La vie au fond, ça se résumait à tellement peu de chose. La sienne arrivait au bout. Il l'aurait souhaitée moins pathétique. En dehors de ces protocoles aux murs blancs qui sentaient la chimie et avaient un gout de médicament. Une seconde sirène traversa la nuit. Deuxième round, pensa-t-il. Comme tous les soirs, l'hôtel de police sera sur les dents. Il rentra, mais laissa la porte-fenêtre entrebâillée. L'air de la nuit. Le vent dans les voilures des rideaux. Maintenant, chercher le sommeil. C'était pas gagné.

Il n'avait plus de temps devant lui. Et cette pensée l'anéantit.

On cogna à la porte. La frappe sèche d'un poing fermé. Cette fois, le voisin du dessous me fait le coup du tire-bouchon qu'il a égaré et il vient, une bouteille à la main qu'on finit par partager sur place, pensa-t-il. En se parlant de tout et de rien. Surtout de rien. C'est juste pour tromper l'ennui, le silence et la solitude.

Il ouvrit. Le palier était dans l'obscurité. Mais son instinct fit le reste. Il vit l'arme braquée au-dessus de sa ceinture. Un regard implacable qui le dévisageait. Il détailla, parcouru sa mémoire visuelle à toute vitesse, pour conclure : inconnu.

— Finissez d'entrer, comme on dit chez nous !

Gorce s'effaça pour laisser l'homme pénétrer dans l'appartement. Le type imprima une pression du canon dans le gras du ventre.

— Vous pouvez laisser ça, je suis vieux et pas armé. Vous n'êtes pas venu pour me vendre le calendrier des postes, j'imagine.

L'autre ne cessait de dévisager Gorce, un visage immobile que ne trahissait pas l'once d'un sentiment.

— Vous voulez quoi ? Du fric ? On est en fin de mois et je n'ai pas encore touché ma pension. Je dois avoir un peu de liquide dans mon portefeuille.

Il fit un mouvement pour aller jusqu'à sa veste qui pendait au portemanteau. Il ne vit pas venir le geste, mais il sentit sa chair se déchirer à hauteur de sa pommette. Un éclair blême traversa son crâne sous la violence du coup. Il recula et porta la main à son visage. Là d'où le sang s'échappait.

C'est un lapin. Comme les autres. Dans sa tête, Kevin repassa toutes les images qu'il avait imaginées. Pas les mots. Il savait que les paroles ne servaient à rien. D'ailleurs, il ne parlait plus. Depuis longtemps. Il n'avait jamais rien eu à dire. À personne. Ou alors il y a si longtemps que personne ne s'en souvenait. Même pas lui.

Gorce prit un mouchoir dans sa poche et l'apposa sur sa chair éclatée. Il vit les traits du jeune homme qui le braquait se tendre. Entrer dans la pierre. Il avançait, droit sur lui. L'ancien flic recula jusqu'au fauteuil de son bureau. Il sentait une détermination farouche dans l'attitude du gamin et la certitude que rien ne l'arrêterait. Il s'agissait d'une violence irrationnelle. Il s'affaissa dans le baquet du siège. Gorce leva le regard. Gagner du temps. Et sa pensée lui revint, il n'avait plus de temps devant lui.

— Qu'est-ce que tu me veux ?

Kevin ouvrit son blouson et sa main libre fouilla le fond de la poche intérieure. Il sortit l'enveloppe en kraft. Qu'il déposa sur le bureau.

Ce n'est qu'un lapin mort de trouille. Comme les autres. Tous les autres. Un méchant rictus lui traversa la face. Il avança plus près encore. Sans haine.

Même pas.

Gorce prit l'enveloppe. Il en sortit des feuillets manuscrits et d'autres tapés à l'ordinateur. Tenta de lire. Même à bout de bras.

— Il me faut des lunettes.

Il ouvrit le tiroir du bureau. Sa main plongea. Il sentit la crosse sous ses doigts.

Le jeune homme releva le chien du Glock. Les lapins, c'est trop con pour vivre longtemps. Et celui-là avait fait son temps.

Gorce actionna la queue de détente, sans sortir l'arme du tiroir. Le bois ne résista pas à la balle 9x33 mm R, pour revolver magnum. Ni ne dévia la trajectoire. Elle frappa Kevin au-dessus du pubis. L'index du jeune homme s'effondrant crispé sur la gâchette du Glock envoya la balle terminer sa course dans le plafond. Le gamin tenta de se relever péniblement, en se tenant le bas-ventre et braqua de nouveau le vieux flic. Mais cette fois, le Smith & Wesson était dans la main de Gorce. Il pressa la détente et atteignit le jeune en pleine poitrine. Il n'eut pas besoin de doubler la mise. Le corps reposait sur le sol. La position des membres, l'ultime râle de la poitrine laissaient assez peu de suspens quant à l'issue.

Il lut les quelques pages issues de l'enveloppe. Betty. Comment aurait-il pu oublier ? Ne pas se souvenir ? De cette espèce d'amour fou qui avait traversé sa vie à un moment où son existence était pleine de doute, de solitude et de monotonie. Quinze ans de moins que lui. Un corps de rêve, une bouche et un sourire à faire se damner toutes les putes de la terre. Des excès. Des passions. Ce tourbillon dans lequel il s'était laissé embarquer. Et cette phrase lâchée une nuit, dans la fumée de la cigarette après le sexe, quand les corps sont repus, sont rompus :

— Tu vois, ce qu'il faut éviter dans cette putain de vie, c'est l'eau tiède.

Ces mots marqués au fer rouge. Betty, c'était ça.

Elle avait bousculé ses habitudes et le confort de ses états d'âme d'homme vieillissant avant de le virer de sa vie comme seules les femmes savent le faire. Quand elles font le ménage de fond en comble.

Avant de passer à autre chose.

Il avait mis longtemps à guérir.

Mais on se remet de tout.

Il n'avait jamais su qu'elle avait eu un enfant.

Il passa le reste de la nuit à revisiter sa mémoire.

Ce n'est qu'au petit matin qu'il se décida à appeler les flics.

# « Jamais plus »… ou Élève le corbeau, il te crèvera les yeux

Franck Linol

Déjà six mois qu'il avait pris sa retraite.

Le commissaire Gorce passait le plus clair de son temps dans sa fermette haut perchée située près de Villerajouze, hameau perdu au milieu des monts de Blond, cette petite montagne granitique qui se dresse fièrement à l'ouest pour faire obstacle aux dépressions atlantiques.

Là, il lisait, marchait sur les sentiers abrupts, hérissés de rochers, qui serpentent à travers bois.

Il méditait aussi.

De la fenêtre de son bureau mansardé, s'ouvrait un panorama splendide avec ses étendues de forêts d'un vert vigoureux piqueté çà et là de toits mauves d'où s'échappaient, dès le début du mois d'octobre, des fumerolles bleutées.

Du verger, dégringolait une vaste prairie enclavée par des barrières de sapins et de châtaigniers et, ce matin-là, au-dessus d'un voile de brume, tournoyait un étrange vol de corbeaux. Les charognards, une bonne centaine, se posaient dans l'herbe, s'envolaient à nouveau, et semblaient danser dans le ciel.

Gorce entendait le tintamarre lugubre provoqué par leurs cris rauques.

Ce rassemblement de corvidés noirs était inquiétant.

Gorce descendit de son observatoire, enfila sa canadienne et des bottes, puis emprunta un chemin étroit pour aller voir de plus près ce qui semblait tant intéresser les oiseaux…

Ce serait ce soir. Et cette fois, elle ne se raterait pas. Minutieusement, elle avait tout préparé. Cela faisait plusieurs jours qu'elle avait appris à faire le nœud. Facile avec Google : « Comment faire le nœud du pendu en 8 étapes ».

« Technique mise au point par un certain Jack Knight, un bourreau anglais du XVII^e^ siècle », avait-elle lu. Elle se dit qu'elle ne mourrait pas complétement idiote. Elle sourit en pensant que l'imagination pouvait parfois ne tenir qu'à un fil…

Après le dîner, Kevin était monté dans sa chambre. Comme chaque soir. Ils avaient mangé en silence. Un repas simple, fait d'un potage surgelé, d'une tranche de jambon et d'une pomme. Kevin avait emporté la sienne pour la croquer plus tard.

Alors, elle s'était assise dans le canapé, avait allumé la télé et monté le son. Un téléfilm avec Jacques Weber: «Tu vivras, ma fille». C'est drôle, pensa-t-elle.

Elle n'avait pas peur. Hâte d'en finir, surtout. Elle avait enfilé un pantalon. Pendue avec une robe ou une jupe? Non, ça manquait d'élégance. Et ce n'est pas parce qu'on est morte qu'on ne doit pas rester pudique.

Pour attendre l'heure – car elle s'était fixé une heure: 23 heures – elle avait décidé de vider la bouteille de whisky. En regardant ce film. Une mère qui se bat pour sauver sa fille atteinte d'une maladie dégénérative. Longueurs et pathos.

Elle n'avait pas touché à une goutte d'alcool depuis l'accident.

Cela faisait vingt ans. Kevin était âgé de douze ans.

Après le viol, elle s'était mise à boire. À se mettre dans des états pas possibles.

Et puis un soir, alors qu'elle rentrait d'une « fête », comme elle disait, totalement ivre, elle avait manqué le virage. La pluie, la nuit, l'alcool. Un bon cocktail.

Kevin dormait sur la banquette arrière. Il avait été violemment projeté vers l'avant et était passé au travers du pare-brise.

Trois mois plus tard, Kevin vivait, mais il garderait une paralysie partielle du côté droit.

La première gorgée de whisky lui brûla le palais. Puis elle retrouva ces bonnes sensations, quand l'alcool ruisselle dans les veines et monte jusqu'au cerveau. Mais elle savait par expérience, depuis sa première cuite avec des *Mon Chéri* alors qu'elle avait huit ans, que, si elle abusait, elle ne pourrait même pas monter sur l'escabeau.

Elle regardait la poutre avec la corde qui attendait sa proie en s'imaginant faire la « danse des pendus ».

À 22h55, elle grimpa. Se passa le nœud autour du cou. Le film était terminé et elle entendait les écrans publicitaires défiler. Elle ferma les yeux.

Sa mort serait le signal.

Kevin comprendrait.

Crissement de pneus, bruit de moteur, musique énergique… quand elle fit valdinguer l'escabelle et que son corps plongea dans le vide, elle n'entendit pas le message qui vantait les mérites d'un tout nouveau SUV.

Kevin avait entendu comme une détonation. En bas, dans le salon.

Il déposa Tolkien dans sa cage, puis descendit.

Sa mère se balançait au bout de la corde. Son visage était cyanosé et sa langue sortait de la bouche.

Kevin fit alors demi-tour, remonta dans sa chambre et attrapa son sac à dos qui se trouvait sur le dessus de l'armoire. Il y fourra des vêtements, une lampe torche et divers accessoires. Et une photo de sa mère.

Dans la cuisine, il trouva la boîte à biscuits en métal bleu, l'ouvrit et prit l'argent qui s'y trouvait. Il en profita pour prendre un peu de nourriture.

Dehors, il pleuvait. Une pluie d'automne, dense et continue.

Il éteignit la lumière du couloir et referma la porte de la bicoque.

Vêtu d'un poncho imperméable de l'US Army, des chaussures de sécurité montantes aux pieds, il s'enfonça dans la nuit.

Dans la main gauche, il tenait la cage que le large poncho protégeait de la pluie. Dans la droite, un bâton en châtaignier sur lequel il s'appuyait pour atténuer sa claudication.

*Une odeur de cigare froid. Le souffle d'une respiration malsaine. Le bruit de grognements de plaisir. « Kevin, tu brûleras en enfer... ».*

La voix dans sa tête. Dominatrice et gutturale. Chaque jour, chaque nuit, la voix.

Il marcha sur des routes départementales. Avec une opiniâtreté qu'il ne se connaissait pas.

Dans l'obscurité, on entendait non pas la cadence régulière des pas sur la route, mais un rythme syncopé, un son en rupture avec la mesure.

Il ne savait pas dans quelle direction il cheminait. Mais il se sentait comme attiré par une force puissante contre laquelle il ne pouvait rien.

Lorsqu'il fit sa première pause, à l'abri d'un gros chêne qui portait encore ses feuilles, il croqua la pomme du dîner. Tolkien se tenait tranquille.

Il prit la photo de sa mère – un cliché noir et blanc pris dans le jardin il y avait longtemps- et la regarda longuement avec la torche.

Puis il pleura.

Il se remit en marche.

Kevin ne savait pas où il allait, mais il savait précisément ce qu'il avait à faire.

Sous la lune, les bas-côtés étaient opalescents. L'intérieur des bois silencieux était couleur d'encre.

Dans les plaines, on devinait la masse sombre des buissons, telles des ombres chinoises. Avec, parfois, le tronc incliné d'un arbre qui semblait raturer l'horizon. Et puis les odeurs d'humus, de musc, de terre grasse, de feuilles séchées, de mousse, d'écorce. L'odeur de la brise mêlée à sa propre odeur de sueur.

Parfois, le ululement d'un hibou ou le glapissement d'un renard, ou l'aboiement lointain d'un chien giflait le calme de la campagne.

Les épaules voûtées, le nez au vent, il marchait au milieu de la chaussée afin d'éviter des flaques d'eau. De temps en temps, un étang lançait un éclair qui scintillait dans la cime des arbres.

Il se sentait en paix. Il happait avec avidité l'air humide, et de la buée giclait de sa bouche à chacune de ses expirations.

Au petit matin, la pluie avait cessé. L'aube diffusait une lueur blême.

Au bout de la ligne droite, il aperçut la silhouette massive d'une église romane dont le clocher émergeait de la grisaille.

Un peu à l'écart du bourg, il vit une grange qui jouxtait une ferme. Une faible lumière jaune trouait des persiennes mal ajustées. Il s'approcha et, par les ajours, aperçut une femme âgée qui s'affairait au-dessus d'une cuisinière à bois. Posé sur une couverture en laine, un vieux chien dormait.

Kevin crut renifler une bonne odeur de café.

Il hésita à frapper et à demander l'hospitalité. Mais ce n'était pas prudent.

Il fit demi-tour et se réfugia dans la grange.

Là, sur un tapis de paille, il tomba dans les bras de Morphée.

C'est Tolkien qui, par ses cris, le réveilla.

Kevin prit appui sur ses mains, redressa la tête et s'assit.

Le corbeau avait faim. Il reçut sa portion de graines, qu'il dévora.

Kevin avait toujours été fasciné par les corbeaux. Il avait lu tout ce qui se rapportait à ces volatiles. Le corbeau était, paraît-il, aussi intelligent qu'un enfant de quatre ans. Son oiseau précédent, Lazare, mort de maladie, savait parler. Enfin, il savait imiter la voix humaine. Il disait «salut», «hello», «hola» et croassait: «Jamais plus».

«Mais le corbeau, perché solitairement sur le buste placide, ne proféra que ce mot unique, comme si dans ce mot unique il répandait toute son âme. Il ne prononça rien de plus; il ne remua pas une plume, – jusqu'à ce que je me prisse à murmurer faiblement: “D'autres amis se sont déjà envolés loin de moi; vers le matin, lui aussi, il me quittera comme mes anciennes espérances déjà envolées." L'oiseau dit alors : "Jamais plus !" »[2]

Il imitait des bruits comme le cri du loup ou le vrombissement d'une mobylette.

Un jour, Kevin observait un corbeau mort sous un pommier. Et là, il vit un congénère s'approcher pour copuler avec le cadavre.

La mort et le sexe.

Kevin s'était glissé dans la ruelle qui longeait la façade nord de l'église. Un air glacé le fit frissonner. Il enfila la capuche du poncho et resta à scruter la place balayée par une brise capricieuse.

C'est alors que Kevin le vit. Une démarche hésitante, fatiguée, presque vacillante.

La place était déserte. Seulement lui. On entendait ses semelles qui raclaient le sol goudronné.

Lorsqu'il passa à quelques mètres du contrefort derrière lequel Kevin était dissimulé, il sentit qu'on lui écrasait la glotte. Il fut traîné dans la ruelle.

Le lendemain, on découvrit son corps inerte. Dents brisées, visage énucléé et testicules écrasés.

---

2. « Le Corbeau », Edgar Allan Poe, traduit par Charles Baudelaire.

*J'avais demandé à ma mère si c'était normal. Elle me demanda de me taire. « Quand je serai morte, tu feras ce que tu as à faire, Kevin ». Ma propre mère avait voulu que je me taise. Et j'ai quand même continué à vivre.*

Kevin évitait désormais les routes. Peur des gendarmes. Il marchait sur les sentiers, traversait des bois, des landes, contournait les fermes à cause des chiens qui aboyaient. Qu'il détestait. Surtout les bergers allemands.

La veille, il avait entendu des jappements déchaînés. La chasse. On devait être un dimanche.

Ses réserves de nourriture étant terminées, il ne lui restait plus que le chapardage.

L'opulence de l'automne, la saison des récoltes, lui offrait de quoi se nourrir.

Les jardins regorgeaient des dernières tomates, de courges, de betteraves. Dans les prés, il restait des épis de maïs et il lui suffisait de se baisser pour ramasser des pommes, des poires et des châtaignes qu'il faisait cuire dans la cendre chaude.

La météo s'était améliorée. L'été de la Saint-Martin radoucissait l'atmosphère et Kevin pouvait se baigner dans les étangs. Il s'aspergeait le visage, s'arrosait la tête, prenait l'eau dans le creux de ses mains, la goûtait puis la recrachait.

Dans le reflet de l'onde, il observait sa silhouette floutée : un corps meurtri par des cicatrices que le froid avait violacées, sa jambe et son bras droit rabougris, chétifs, décharnés.

Alors, avec rage, il martelait la surface de l'eau jusqu'à ce que cette image monstrueuse disparaisse.

Lorsqu'il sortait d'une forêt, des nuées d'étourneaux ou de grives s'enfuyaient.

Cela faisait une semaine qu'il avait quitté sa maison.

Un matin, alors qu'il longeait une piste forestière qui surplombait un panorama à couper le souffle, il aperçut une antique caravane sans roues posée sur des parpaings.

Un homme était assis sur un fauteuil défoncé et fumait la pipe.

Il était vêtu d'un sarouel d'un bleu farouche, d'une vaste chemise en coton grège et portait un bonnet de style péruvien duquel dégoulinaient des dreadlocks. Une abondante barbe blanche encadrait son visage buriné.

À ses pieds, un brasero sur lequel chauffait une cafetière.

À pas lents, Kevin s'approcha et stoppa à quelques mètres de l'homme qui lui parut assez âgé.

L'homme le fixa en crachant une bouffée de fumée.

— Tu veux un café, l'ami ?

Kevin ne répondit pas. Il se contenta d'avancer. Il posa la cage et s'assit sur un rocher qui affleurait le sol.

L'homme attrapa une tasse en métal émaillé, versa le café et la lui tendit.

Kevin resta un moment à se réchauffer les mains qui entouraient la tasse. Puis il but.

— Tu fais la route ?

— Oui.

Un soleil souffreteux léchait les deux silhouettes.

— Et lui ?

— C'est Tolkien, mon corbeau.

— Il est très beau. Et pourquoi il est dans une cage ?

— Sinon il partirait.

— Ah !... mais j'aime pas voir des oiseaux en cage. D'ailleurs, j'aime pas les cages.

Et l'homme se mit à rire.

— Mais tu sais, tu fais ce que tu veux, hein mon gars ? reprit-il.

Kevin posa la tasse sur le rocher.

— Et tu vas où comme ça ?

L'homme posait trop de questions.

— Je ne sais pas.

— Ah... alors tu vas loin... Quand on ne sait pas où l'on va, c'est qu'on va très loin. Moi, un jour, je me suis arrêté là. Et je suis parti depuis tellement de temps que je ne me souviens pas d'où je viens. Et toi, tu viens d'où ?

L'homme posait trop de questions.

— Du nord…

Kevin fouilla dans son sac, sortit la photo de sa mère et la tendit à l'homme.

— Belle femme. C'est qui ?

— C'est maman. Elle est morte.

— Ah ! Désolé, mon gars !

Il rendit la photo.

— As-tu faim ? J'ai un reste de riz si tu veux.

Kevin opina.

Alors qu'il avalait goulûment le contenu de la gamelle, l'homme le scrutait.

— C'est un accident ou une maladie que t'as eu ? dit-il en indiquant du menton la jambe de Kevin.

— Accident…

Il y eut un long silence.

— T'es parti pour te reconstruire, alors… voyage initiatique. C'est bien. Tu as trouvé ta voie. La reconquête de toi-même… Tu apprends à te connaître. Moi aussi j'ai pris la route, des mois de bitume, de caillasse, de chemins boueux. Des milliers de kilomètres. La liberté, la vraie. Et l'asphalte m'a enseigné la vie. « Quand nous ne savons pas où la vie nous mène, nous ne sommes jamais perdus ». C'est une phrase d'un écrivain brésilien. Elle m'a beaucoup aidé. Chaque jour, j'essaie d'aller encore plus loin. Pour assumer mes choix.

Kevin écoutait. Certains mots prononcés secouaient son esprit. « Reconstruire, liberté, se connaître, assumer ».

L'homme alluma un joint. Il aspira avec avidité. Recracha la fumée. Et sembla comblé d'aise.

— Tu en veux ?

L'homme avait tendu son bras et proposait une fumette à Kevin.

Il n'avait jamais fumé.

— Oui…

Kevin prit une goulée.

— Et… votre voyage est fini ?

L'homme semblait heureux que Kevin, enfin, s'implique dans la conversation.

— Je fais une pause. Et, tu sais, il y a un prix à payer pour gagner cette liberté. Tu as lu Kérouac ?

— Non.

— Ah !…

L'homme se leva et pénétra dans la caravane. Il en ressortit avec un livre.

— Tiens, tu le liras, le soir.

Kevin n'avait jamais lu de livre. Il lut le titre : *Le Vagabond solitaire.*

*L'escalier étroit. Son bureau. L'odeur d'after-shave et de vieux livres. Il me serre fortement contre lui. Ma tête au niveau de son ventre. Sa main glisse à l'intérieur de mon short. Sa respiration qui va crescendo.*

*«Je t'aime, mon petit Kevin. Laisse-toi faire, sinon tu brûleras en enfer».*

La femme se souvenait.

Une vieille femme qui habitait seule et qui chaque matin se rendait à l'église. Non pas pour prier, mais pour penser à Adrien qui était parti, fauché par une mauvaise grippe. Assise sur le prie-Dieu paillé, elle regardait le vitrail avec parfois le soleil qui s'y réfractait en une multitude de couleurs. Et, en ces instants, elle trouvait la paix.

En sortant de l'église ce matin-là, elle avait vu, au bout de la ligne droite, cette silhouette encapuchonnée qui, à l'entrée du village, avait bifurqué sur la gauche. Là où un sentier longeait le cimetière. Il pleuvait. Une pluie fine qui brouillait la vue. Mais Marie en était sûre.

L'individu – mais ne s'agissait-il pas plutôt d'un spectre? – avançait le buste courbé sur un bâton et boitait comme un canard. C'est ce que la femme avait raconté à l'épicière.

Celle-ci lui dit qu'elle devrait en parler aux gendarmes. L'autre lui répondit qu'elle ne voulait pas d'ennui.

«Qu'ils se débrouillent!»

— Mais vous avez vu le journal ?

— J'ai vu, oui, ce crime abominable, c'est le Diable qui a fait ça ! ça ne peut être que Lui.

L'épicière se signa.

Le lendemain matin, il pleuvait encore et un vent tourbillonnant balayait les feuilles mortes.

L'épouse de feu Adrien se rendit au cimetière. Par moments, son parapluie se retournait.

Elle poussa la lourde grille en fer forgé. La pluie avait flétri les fleurs du bouquet qu'elle tenait fermement. Elle avança sur l'allée centrale recouverte de graviers gris.

Soudain, elle lâcha le bouquet et crut défaillir.

Le cadavre d'un homme gisait au milieu de l'allée.

Lorsqu'elle vit qu'à la place des yeux il n'y avait que deux trous noirs, elle laissa échapper un cri horrifié.

Le soir, elle repensa à l'article du journal. C'était le même homme qui avait tué une deuxième fois, elle en était sûre.

Le corps de Kevin n'avait pas l'habitude de marcher ainsi. Cela faisait plus de quinze jours qu'il cheminait.

Le paysage avait changé. Ici, il y avait des arbres, beaucoup d'arbres, des étangs, de petits lacs et des vallons au fond desquels il apercevait le toit rouge de fermettes. Les sentiers tortueux et escarpés étaient bordés de murets en pierres. Sous ses pieds, il écrasait des bogues épineuses qui laissaient échapper des fruits bruns à large auréole blanche. Parfois, au croisement de chemins, une croix en granit juchée sur un socle massif projetait son ombre sur lui comme pour l'empoigner.

Il avait mal jusque dans ses os. Chacun de ses pas lui coûtait un effort immense. Il avait froid, mais ses dents claquaient comme s'il était enfiévré. Il n'avançait plus vraiment, mais il errait dans ces espaces étrangers et son esprit divaguait. Quand le soir tombait, il ne prenait plus la peine de chercher un abri pour la nuit. Il se couchait sous un arbre, se pelotonnait comme un animal malade et s'endormait aussitôt.

Souvent, il était réveillé par ses propres gémissements.

Il n'éprouvait plus la sensation de faim. Il avalait des aliments glanés ici et là au gré de sa pérégrination.

La livrée noire de Tolkien avait perdu de sa brillance. Lorsque son maître traversait un champ garni de ses congénères qui, après avoir pris leur envol, tournaient dans les airs, Tolkien montrait des signes d'impatience et son bec cognait contre la porte de la cage.

*Ses mains moites. Son pénis en érection sous ses vêtements. Il me pose sur son bureau. Il se frotte contre moi. Il me déshabille. Me touche partout. Je ne sais pas si je dois crier. J'ai peur. Je le laisse faire. Je tremble de la tête aux pieds. Il sort son sexe. Il me le met dans la bouche. J'ai envie de vomir. Il me dit des choses dans l'oreille. Que je ne comprends pas. J'ai froid. Il souffle comme un bœuf. Il me retourne. Je suis sur le ventre. Il écarte mes fesses. Je hurle.*

*Il me donne la Sainte Communion. « Demain, Kevin, viens te confesser ».*

Gorce arriva dans le haut du pré. Jamais il n'avait vu autant de corbeaux. Le reflet irisé de leur plumage piquetait le ciel d'un blanc cru. Dans les airs, une nuée d'oiseaux, tels des diablotins fous, semblaient exécuter une danse rituelle. Parfois, ils s'agglomé-raient comme s'ils entraient dans une mêlée furieuse. Certains, tels des kamikazes, n'hési-taient pas à plonger vers le sol. Et la clameur sinistre des croassements, assourdissante.

Dans l'herbe jaunie par les premières gelées, on apercevait une immense tâche noire, comme une éclaboussure. Des centaines de volatiles sautillant ou marchant, lançant des coups de bec, s'acharnaient sur une proie.

Gorce eut un mouvement de recul. Des corbeaux se dirigeaient vers lui et piquaient en flèche sans toutefois l'agresser. L'ancien flic tentait de discerner ce qui intéressait autant les animaux.

Impossible, tant leur nombre était considérable.

Il s'avança en claquant des mains. Peine perdue.

Soudain, toutes ailes déployées, il vit un corbeau plus grand que les autres se poser sur une roche qui émergeait de la prairie. Il croassa à plusieurs reprises : des cris rauques et longs.

Comme s'il venait de donner un ordre, ses congénères s'envolèrent, libérant la vue.

Le grand corbeau observait Gorce.

Le commissaire, lentement, s'approcha.

Un vêtement noir et les restes sanguinolents d'un corps.

Une soutane et une croix de curé.

La scène était terrifiante.

Les corbeaux étaient perchés sur les arbres aux alentours. On aurait dit que les branches avaient accouché de fruits noirs.

Un silence étrange étouffait la campagne.

Gorce s'agenouilla près du cadavre. Le corps avait été dépecé et dévoré.

Jamais il n'avait vu une chose pareille durant toute sa carrière de flic.

Gorce se releva. Plus bas, dans le pré, il aperçut une cage dont la porte était ouverte.

Le grand corbeau s'était envolé et allait et venait en planant au-dessus de l'ancien commissaire.

Comme pour lui indiquer une direction à prendre.

Gorce descendit jusqu'à la lisière de la forêt. Le corbeau se posa sur la branche d'un grand chêne.

Adossé contre le tronc, un homme, torse nu, était assis et, sur ses genoux, un livre était ouvert. Mais ses yeux, mi-clos, regardaient le néant.

Gorce s'approcha de lui.

Kevin était couvert de sang.

Au milieu de sa poitrine, une croix sanguinolente avait été tracée.

## Putain de Facteur Humain

Laurence Jardy

*Je m'appelle Kevin Klotz. J'ai trente- deux ans et quelques jours devant moi pour terminer ce que j'ai commencé. Cela fait trois mois que j'ai pris la route . Vu la vitesse à laquelle la moisissure envahit la pièce, elle ne doit pas être belle à regarder en ce moment. De toute façon, elle n'a jamais cassé trois pattes à un canard. Même quand elle faisait des efforts, le résultat était médiocre. Ce n'est pas faute, pourtant, de le lui avoir dit qu'elle était moche. Et méchante.*

*Moche et méchante.*

*Pas étonnant qu'elle n'ait jamais trouvé d'amoureux. Le seul qui ait été assez naïf pour rester un peu, ça remonte au siècle dernier. 1999. Juste avant le changement de millénaire. Au début, elle s'était contentée de le rabrouer.*

*« Trop de sel ! C'est pas bon pour mes artères ! »*

*Puis, il y avait eu les périodes de jeûnes verbaux. Qui faisaient toujours suite à ses déplacements dans le Cantal. Pour aller vendre du moteur Mc Cormik. Il travaillait dans les machines agricoles, Martin. Elle avait peur de quoi ? Qu'il la trompe ? Il aurait dû. À force de nuits pâlottes dans le canapé, il aurait dû ! Il y aurait eu de quoi rendre carnivore le plus doux des agneaux. Même pas. Il était resté l'agneau du début, de plus en plus blême, de moins en moins affamé. Elle n'avait pas versé une larme quand l'hôpital lui avait diagnostiqué un truc bizarre qui le tuait à petit feu.*

*Moche et méchante.*

*J'ai toujours pensé qu'elle l'avait tué, Martin. Avec ses grimaces et ses soupes aux orties. Une petite dizaine d'années qu'il est mort. Et que je la supporte : matin, midi et soir. Enfin, que je la supportais parce que, comme je viens de vous l'expliquer, elle ne doit pas être belle à regarder en ce moment, vu la rapidité avec laquelle la moisissure a dû envahir le salon. Un taux d'humidité idéal pour booster les bactéries endogènes. J'ai vu ça sur mes jeux de zombies : si vous voulez conserver nickel votre cheptel de zombies, n'allez pas mettre vos morts n'importe où. Dans du trop marécageux, ça forme comme une sale graisse autour d'eux qui ressemble à de la cire et qui fige leurs traits. Dans du trop sec, ils en ont pour des millénaires à se décomposer.*

*Notre salon, j'ai toujours su que c'était l'endroit idéal. Le biotop parfait pour une putréfaction en bonne et due forme. À défaut d'avoir été une gentille maman et une bonne épouse, elle va faire un super zombie. Ça se fait rare les zombies dans le jus. Figurez-vous qu'ils sont de plus en plus trafiqués. C'est bien pour ça que moi, je fais hyper gaffe. Je mange bio, je respire bio, je me lave bio. Aucune merde sur le derme. Avec un peu de bol, je mourrai bio, sans prothèses, sans amalgames dans la tronche. Et je pourrirai bio. Faut pas dérégler la nature. Elle finit par vous retomber sur un coin qui fait bien mal.*

*N'est-ce pas, maman, qu'il ne faut pas dérégler la nature ? Tu es bien là où tu es. La poutre est solide. Tu as bien fait de la faire repeindre en bleu canard. Ce sera harmonieux avec la couleur qui va très vite rendre méconnaissable ton visage. Un visage comme un poing bleu, serré. Un visage qui aura triplé de volume. Quand ils te retrouveront.*

*Quand ils te retrouveront*
*Tu seras,*
*La Reine,*
*Ma Reine,*
*Ma Majesté des mouches.*

Gorce était en train de fixer une mouche à sa ligne. Il l'avait choisie irisée, comme les eaux de la Gartempe quand elles se mélangent avec les herbes et qu'elles rencontrent le soleil. La truite fario se faisait rare ces dernières années. La faute à qui? Chacun y allait de ses explications. La besace de Gorce ne semblait pas impactée par cet état de choses. En excellent pêcheur qu'il était, il savait exactement où et comment lancer sa ligne. Précision et concentration. Son téléphone se mit soudain à vibrer, chose qui se faisait aussi rare que la truite fario. La retraite avait fait de lui un homme seul. L'ancien commissaire n'était pas vraiment un misanthrope, mais, avec l'âge, il avait appris à se méfier des hommes. Toute sa vie, il avait fallu batailler, discutailler pour démonter un alibi ou décadenasser la parole. Ça l'avait fatigué. Désormais, il n'aspirait qu'à une chose: se taire. Ainsi, lorsqu'il plaqua le téléphone contre son oreille et entendit le gazouilli fleuri de Chiara, il eut du mal à aligner trois mots à la suite. Au point que son ex- collègue pensa qu'il n'avait rien de trouvé de mieux à faire pendant sa retraite que d'être victime d'un accident vasculaire cérébral.

Chiara réclamait son aide. Elle évoqua des meurtres inexplicables. Le profil des victimes était tellement disparate qu'il était extrêmement compliqué de trouver quel avait pu être le mobile du tueur.

— Pourquoi fais-tu appel à moi ?

Gorce semblait avoir oublié qu'il avait été, il n'y avait pas si longtemps encore, celui qui avait démêlé les plus délicates affaires de la région. Et puis, il avait été pour Chiara une aide précieuse lorsque la toute jeune femme s'était retrouvée seule. Plaquée par un mari toujours en cavale. Il n'avait pas fait grand-chose pour lui venir en aide. Il s'était contenté de lui dire « un de perdu, dix de retrouvés… » Une phrase un peu con, mais, quelque part, cet adage était si banal que celle à qui il s'adressait y trouva du vrai. Enfin, elle n'osa pas le lui avouer, mais elle s'ennuyait mortellement depuis qu'elle ne l'avait plus comme chef. Il avait existé entre eux une complicité évidente et, chez elle, l'envie de lui faire plaisir en bouclant bien les dossiers. Elle en était même arrivée à se demander, ces derniers temps, alors que les dix autres promis n'avaient toujours pas pointé le bout de leur nez, si elle n'était pas, tout simplement, tombée amoureuse de l'ancien commissaire. L'air de rien. Comme ça. Sans le faire exprès.

— J'ai pensé que cette affaire pourrait t'intéresser. Ça se passe principalement sur le plateau.

Il observa un silence. Elle le laissa s'imaginer les paysages propres du plateau de

Millevaches. Les bruyères sèches. Les troncs noueux par dizaines Les collines à perte de vue. Une douce campagne souvent secouée par le vent. Et désormais meurtrie par la terreur semée par un malade.

Parce qu'il avait parfaitement compris que, dans ce que venait de lui raconter Chiara, ils avaient à faire à un malade.

*Non, je ne pense pas avoir jamais été malade. Enfin, pas comme l'entendent les spécialistes. J'ai conscience qu'on peut trouver étrange mon projet. Je sais qu'on peut ne pas être d'accord avec ma vision des choses. Tout dépend du point de vue. À l'école, j'ai toujours été pour le loup. Si ce pauvre imbécile d'agneau avait eu un gramme d'intelligence, il aurait su dès le départ qu'il gaspillait sa salive pour des prunes. Quand son heure est arrivée, on se tait. On reste digne. Ceux que je vois se tordre de douleur à l'idée d'y passer, ça me donnerait presque envie de les laisser en vie. Ils ne me méritent pas. Ils n'ont qu'à aller crever dans quinze, trente, quarante, soixante ans au fond d'une pièce climatisée de dix mètres carrés. Avec des tuyaux et des sondes qui leur sortent de tous les trous. C'est pourtant simple comme bonjour, la mort. On revient à l'état d'avant la naissance. Il n'y a vraiment pas de quoi en faire un plat. Moi, je suis un exécutant. J'exécute. Sans me poser de questions. Le chemin est tracé dans ma tête. Pas la peine de se réfugier à l'étranger sur une plage de sable blanc. Inutile de se terrer dans les chaumières. Si vous êtes l'élu, je vous retrouverai, où que vous soyez, quoi que vous fassiez. Laissez-vous faire, je suis un garçon délicat. Je n'aime pas la souffrance. Je n'aime pas le sang. C'est quelque chose qui me révulse. Je ne me rappelle plus grand-chose de mon enfance. Sauf le sang. Qu'elle laissait traîner dans la poubelle. Sur des serviettes hygiéniques qu'elle ne prenait même pas la peine de mettre dans une protection. Des serviettes hygiéniques saturées de rouge. Je n'aime pas le sang. Et son odeur de plomb fondu. Je ne suis pas un viandard. Je ne suis pas un chasseur. Je ne tue pas par plaisir. Je ne tue pas par peur. Je ne tue pas par nécessité. Je tue parce que votre jour est arrivé. Je suis un exécutant. Je ne mets aucune passion particulière dans mon geste, aucune rage. Ma colère, elle a disparu le jour où je l'ai vue au bout de la corde. Ce n'était pas beau à voir. D'ailleurs, c'était si laid que je n'ai pas pu regarder. J'ai juste fixé ses pieds. Elle portait une paire de pantoufles dépareillées. Je me souviens m'être dit que c'était un détail hyperréaliste. Ce genre de détail que j'adore dans mes jeux. Aux actions qui pètent à la gueule, je préfère les décors soignés et les arrière-plans travaillés. À l'école on disait que j'étais distrait. Je n'ai jamais réussi à apprendre aussi vite et aussi bien que les autres. Trop de choses à contempler. Le maître, je ne voyais que sa barbe. Je m'amusais à compter les poils blancs qui s'y glissaient. À chaque fois que j'étais sur le point de finaliser mes comptes, il fallait qu'il se passe la main dedans. Et moi, je devais recommencer. Je crois qu'il en avait 59. Soixante, quoi. « Arrondissez au nombre de dizaine supérieure ». Il disait souvent ça, le maître.*

*Il ne doit plus penser à arrondir grand-chose. Je ne sais pas si l'éternité peut vraiment s'arrondir. Il est mort avec sa barbe blanche. Je n'ai pas vraiment eu le temps de compter les poils quand il s'est retrouvé sur mon pare-brise, le visage presque collé contre le mien. Je ne sais pas d'ailleurs lequel des deux a eu le plus peur. Je n'avais jamais écrasé personne jusque- là. Si, quelques grenouilles comme tout le monde, les soirs de pluie. Et peut-être un chat qui s'est tortillé longtemps dans mon rétro. Mais un être humain, jamais. Lui aussi, il s'est tortillé dans mon rétro. Jusqu'à ce que je prenne le virage.*

L'ex-commissaire Gorce se disait que la proposition de Chiara pouvait constituer un nouveau virage à sa vie. Il était peut-être temps de sortir de sa retraite et de retrouver la compagnie des hommes. Ils se donnèrent rendez-vous le soir-même. Gorce vivait seul depuis que son épouse avait décidé de s'installer à Paris, plus près de leur fils, comme elle disait. Ça l'arrangeait bien. Ils ne se voyaient que pour évoquer les factures concernant la maison et pour fêter les anniversaires.

Quand Chiara débarqua chez lui avec son grand sourire lumineux, il se dit qu'il avait bien fait d'accepter de se remettre au boulot. Elle portait un chemisier bleu à fleurs roses. Gorce eut l'impression qu'elle avait rajeuni.

— Le célibat te va bien ! lui dit-il.

Après tout, il ignorait tout de la vie privée de son ex-collègue et il regretta la phrase dès qu'elle eut franchi ses lèvres.

— Tu ne peux pas savoir à quel point.

Il avait donc vu juste et se félicita secrètement de savoir que la jeune femme ne partageait sa vie avec personne. Il n'aurait pas aimé la savoir en couple avec un sale type. Non qu'il n'y ait que des sales types sur les trottoirs limougeauds, mais Chiara avait le don d'attirer les mecs tordus.

— Alors, tu me racontes ce qui t'amène ?

— C'est un peu compliqué à expliquer. Il y a des gens qui se font renverser sur les routes du plateau et pour l'instant, on n'a aucune explication. La gendarmerie de Peyrelevade a fait appel à nous pour les aider. On fait des rondes. On vérifie les papiers, les véhicules. Mais, franchement , ça sent le malade et…

— Combien jusqu'à présent ?
— Quatre
— Le profil ?
— Deux hommes et deux femmes.
— Des liens entre eux ?
— Tu penses bien qu'on a tout vérifié. Mis à part le fait qu'ils sont originaires de la région, ils ne se connaissaient pas. Pas le même milieu, pas de trucs vécus ensemble, aucun lien familial. Après, tu sais bien. Il y a sûrement des choses qui nous échappent. Ou alors, il tue au hasard.
— Il ?
— Je ne sais pas pourquoi, mais je vois plutôt un homme.
— Si ça peut nous aider, on l'appellera « il ». Récapitulons ! Il a renversé quatre personnes depuis ...
— ...trois mois. Jette un œil là-dessus. Je sens que tu vas aimer aussi.

Gorce chaussa sa paire de lunettes , une paire de lunettes qui lui avait déjà permis d'en voir, des vertes et des pas mûres, et , il s'attarda sur les rapport des techniciens de la VHC.

L'individu avait laissé des traces. Petites certes, mais des traces. Infimes morceaux de pare-choc, de rétroviseur, de calandre. Peintures que la brigade avait pu dater grâce à la spectroscopie infrarouge. Il ne s'agissait jamais du même véhicule. Mais les véhicules étaient des citroëns.

— Je crois bien qu'on a à faire à un citroëniste. Un nostalgique du chevron et des quais de Javel. Des voitures plutôt pas de première jeunesse. Mais pas assez anciennes pour se faire repérer. CX, BX, ZX, AX…

Chiara n'étant pas une experte automobile, elle n'osa pas contrarier son boss. Elle, ce n'était pas les chevrons qu'elle voyait, mais la lettre X qu'elle entendait.

*Je suis né sous X. Je n'ai pas été désiré. On est en moyenne entre six cents et sept cents enfants à naître sous X dans ce pays. C'est la sage-femme qui m'a appelé Kevin. Maman ne m'a pas pris dans ses bras. Elle a détourné son regard. Elle a eu soixante- douze heures de réflexion. À l'issue desquelles j'ai été déclaré à l'état civil : né sous «X», confié à l'adoption.*

*En néonatologie, j'étais le berceau que l'on déplaçait. Maman était hospitalisée tout près. C'est Adèle qui s'est occupée de moi les premiers jours. Je l'appelle Adèle parce que j'ai lu ça sur mon cahier de vie qui m'a suivi jusqu'au jour de l'adoption. Ce cahier, je l'ai toujours conservé. «Je m'appelle A. C'est moi qui t'ai examiné à ta naissance. Tu es un très beau bébé. Tu pèses 4 kilos tout ronds. Ta maman était très heu-*

*reuse de t'avoir mis au monde.» Maman a eu un délai de deux mois pour se rétracter. Elle ne l'a pas fait. Maman est venu me dire «au revoir». C'était écrit sur le cahier de vie.*

*Puis il y a eu des bras qui sentaient l'eau de Cologne, des joues amidonnées à la crème Nivea, des voix, de nombreuses voix. Et des biberons aux tétines tièdes et sucrées. C'est drôle. Je ne me rappelle aucun visage. Seuls les odeurs, les sensations tactiles, les sons parviennent jusqu'à moi. Aucune image. Comme si j'étais resté dans de la ouate pendant des mois et des mois. Et puis, il y a eu toi. Toi, on ne peut pas t'oublier. C'est peut- être l'avantage avec les gens méchants. On n'oublie jamais ni leurs visages, ni l'intonation de leurs voix, ni leurs regards. Nous avons vécu trente ans ensemble. Toi et Moi. J'aurais pu te donner un surnom. Avant d'être viré du collège, on avait vu un film. La Mère, ils l'appelaient Folcoche. Folle et cochonne. J'aurais pu t'appeler comme ça. Mais j'avais peur que tu lises dans mes pensées. J'avais tout verrouillé. Tu ne pouvais plus entrer. Je t'ai laissée seule avec ta haine et cela t'a rendue encore plus haineuse. J'ai plaint ceux qui t'ont servi de déversoir. Martin. Rosa. Le chat. J'aimais bien quand ils étaient là. Surtout Rosa. Parce qu'elle me disait que j'étais un beau gars et que plus tard, je plairai aux filles. Parce que, quand elle partait, elle laissait une odeur de propre derrière elle et que parfois, elle faisait même un gâteau. Je n'ai d'ailleurs jamais su s'il était bon, mais l'odeur me suffisait et ça, la Mère, tu ne pouvais pas me la prendre, l'odeur. Rosa a disparu un beau matin de novembre, quand le givre a commencé à se coller contre les vitres. «Licenciée» tu as dit. Le chat aussi, je l'ai regretté. Je ne sus pas trop où tu as déversé ton aigreur, après. Je te soupçonne d'avoir contaminé de ton fiel des flopées de commerçants, de voisins, de voisines. Tu semblais tellement bien t'entendre avec la toiletteuse pour chiens que je n'ai pas pu m'empêcher de te la coller dans les pattes. Elle fera un chouette zombie si la putréfaction n'abîme pas sa chevelure rousse. Quand j'ai accéléré dans la descente, j'ai compris qu'elle était prête. Qu'elle savait que son heure était arrivée. Je l'ai exécutée avec le plus grand sang-froid. Je lui sais gré de n'avoir rien tenté pour échapper à la trajectoire de mon bolide. Il me semble même qu'elle a eu la délicatesse de jeter sa cigarette à terre avant l'embrassade mortelle. C'est rare ceux qui comprennent que c'est la fin. Comme tout ce qui est rare, c'est beau. Ce sera la seule satisfaction que j'aurai tirée de son élimination. La sensation d'un travail bien fait, accompli avec sa collaboration. Sa complicité, peut-être. Va savoir…*

Elle avait prononcé cela à voix basse, pour elle-même. C'était l'habitude de vivre seule qui faisait que, très souvent, elle s'adressait à elle-même. Récemment, elle avait entendu dire que c'était un signe d'intelligence que de s'adresser à soi-même ou aux animaux ou aux objets.

— Je disais « va savoir… »

— La piste du citroéniste psychopathe ? Tu vois un truc comme ça, toi aussi ? Ce mec, parce que je reste persuadé qu'il s'agit d'un homme, est un obsessionnel. Même mode opératoire, même terrain de jeux, même marque de voiture. Il faut qu'on recense tous les garages Citroën du coin, les concessionnaires. Savoir si des gars ont été licenciés ou mis en arrêt maladie pour X raisons.

— Pour X raisons, tu dis ?

Chiara n'osait pas avouer à son ancien chef ce qui était en train de lui trotter par la tête. C'était vraiment beaucoup trop tordu et trop irrationnel. Il la mettrait en boîte. Elle garda donc cette pensée pour elle et acquiesça à la piste du psychopathe de chez Citroën.

Le lendemain, ils épluchaient les pommes de terre et les témoignages des garagistes. Sans grande conviction puisqu'il n'y avait pas la moindre suspicion de la plus minime piste. Le seul concessionnaire aux allures un peu louches et à l'emploi du temps retors n'était pas en mesure de leur parler vu qu'il avait été admis aux soins intensifs et qu'un autre gars avait été culbuté depuis. Rien d'anormalement anormal ne leur avait été signalé. L'enseigne aux deux chevrons semblait lavée de tout soupçon.

— C'est peut- être un peu con ce que je vais dire, mais il y a un truc qui m'est passé par la tête. Je peux? Enfin... je ne voudrais pas rendre encore plus compliquée l'affaire.

— Surtout, ne te gêne pas ! C'est toi le vrai flic, non?

Chiara ne releva pas la pique qu'elle sentait poindre dans les paroles de son ex- collègue. Il était agacé. Ça avait été plus que chiant d'interroger à tout va ces dernières vingt -quatre heures. Pour des prunes. Oui, toutes les victimes avaient été renversées par des véhicules de la marque Citroën, mais qu'est-ce que ça prouvait? On attendait les analyses concernant la dernière victime. Gorce restait persuadé qu'il allait s'agir encore d'un autre modèle de la marque aux deux chevrons. Mais qu'est-ce que ça prouvait quant à l'identité de ce malade? Il pouvait tout aussi bien être fleuriste dans un petit Carrefour du coin ou retraité de la SNCF. C'était où qu'il se procurait ses bagnoles? Auprès de qui? L'ex-commissaire avait aussi fureté dans les casses du coin, mais il y avait tellement de marginaux, de vieux et de malins qui transformaient leur terrain en décharge automobile que la tâche était compliquée. L'enquête risquait de s'enliser et le mec de leur filer entre les mains. Or, on déplorait déjà cinq morts. Écrasés comme des lapins de garenne. À qui le tour ?

— Alors vas-y, je t'écoute.

Et il se resservit un verre de rouge.

— C'est la lettre X qui m'évoque quelque chose. Elle est récurrente. Je me dis que ce type, c'est peut être un traumatisé de la lettre X.

— Attends, je ne te suis pas. Tu les vois où, les X exactement ?

— Ax, Bx, Zx, Cx.

Gorce ne put s'empêcher d'émettre un sifflement qui se voulait admiratif, mais dans lequel Chiara détecta, de nouveau, une pointe d'agacement. Il lui demanda donc d'étayer son hypothèse et d'expliquer ce qui, selon elle, se cachait derrière la lettre X.

— Le PFH. Ce que les québécois appellent le « putain de facteur humain. »

Le PFH déclencha chez l'ex-flic une PDER. Qu'on pourrait traduire par une Putain d'Envie De Rire

*C'est franchement con et immature de se mettre à ricaner quand on vous parle du PFH. Le PFH, mais les scientifiques vous en par-*

*leraient tellement mieux que moi, le PFH, ce sont les raisons pour lesquelles on accepte des choses qui ne sont pas acceptables. Certains vous diront que bouffer du sucre, c'est bien. Que fumer 7200 cigarettes par an, c'est top. Que le réchauffement climatique, c'est de la fumisterie. Et certains les croiront. Pourquoi ? Parce qu'il y a ce Putain de Facteur Humain qui transforme les évidences en fables, la réalité en légende, le vrai en affabulations. Non que le romanesque soit totalement faux et que les écrivains soient des ayatollahs à la solde de Satan, mais tout simplement parce que l'homme, depuis qu'il est sur la terre, se plaît à se raconter des histoires. Sinon, comment pourrait-on expliquer le fait qu'il continue à y croire même quand on lui explique noir sur blanc que dans deux mois, il ira nourrir les pissenlits. Prenons l'exemple de ma toute dernière recrue. Celle-ci n'a aucun rapport avec la Mère. Ou avec moi et ce foutu X que la belle Chiara essaie de déchiffrer. Ma dernière recrue est l'exemple type du PFH. Je l'ai abordée dans un café, trois heures avant sa mort. Elle avait l'air totalement déprimée. Des yeux rougis par une surconsommation d'alcool, des cheveux filasse. J'ai même cru à un moment que sa frange allait tremper dans sa tasse de café. Je lui ai glissé comme ça sans en avoir l'air : « c'est dur, hein ? » Et là, elle fond en larmes et m'explique que parfois, elle aimerait mieux être morte que supporter ce qu'elle supporte. Je tente de la rassurer en lui disant que le moment est arrivé, qu'elle n'aura pas bien long à attendre. Je lui donne même des conseils : ne pas tenter de fuir si elle voit une Cx blanche lui foncer dessus. Mais au contraire, se laisser aller, que le formidable aérodynamisme de la berline fera le reste. Elle me regarde ahurie. Déjà, elle ressemble au zombie qu'elle s'apprête à devenir. Quand je l'ai fauchée à la sortie du village, j'ai failli me foutre en l'air avec elle. Croyez-vous qu'elle m'aurait facilité la tâche ? Je lui ai fait deux trois appels de phare. Eh bien, non ! au lieu de se mettre à une distance raisonnable du fossé pour éviter que je ne me vautre, elle a tenté de fuir ! De fuir, oui ! C'est ça, le Putain de Facteur Humain. On leur explique tout. Mais non, il faut qu'ils continuent à s'entêter à faire comme si de rien n'était.*

*C'est pour ça que je préfère mes personnages de jeux vidéos : eux, ils ne mettent pas des plombes à intégrer les règles. Dans* Fatal Zombie, *ils sont totalement en phase avec ce que je leur demande. On dirait même qu'ils vont au-devant de mes désirs. S'ils fuient, c'est pour mieux que je les retrouve. « Pour mieux te voir, mon enfant », comme disait le loup. Il est vraiment au poil, le loup de Perrault. Il prend bien son temps. La fillette aussi, elle est extra. Elle prend son temps aussi. Les yeux, les oreilles, les dents, tout y passe. Elle sait savourer les moments d'avant la mort. Elle a compris qu'il était bien de se laisser bouffer et qu'il était de bon ton d'emmerder le loup, mais pas trop. Juste pour le fun. Pour ce que les spécialistes appellent le suspense. Mes zombies, ils sont comme elle. Ils savent faire durer le suspense. J'attribue ça au fait qu'ils sont toujours en errance. Ni vivants ni morts. Ni morts ni vivants. Des morts-vivants. De toute façon, la plus grande partie de la vie humaine, ne nous leurrons pas, ce n'est pas de la vie. C'est juste du temps, du temps qui passe.*

*J'ai déjà passé trente-deux ans de temps. Énorme. J'arrive péniblement aux trente-trois. Je vous entends déjà. « Oh ! L'âge du Christ… » Et oui, l'âge du Christ. Et que voulez-vous que ça me fasse ? J'ai les deux pieds sur terre, moi. Je n'ai pas l'intention de finir clouté sur une croix. Même s'il y a un X à croix. Je n'y crois pas, à la résurrection et tout le tralala. C'est moche, la mort. Je n'ai encore jamais rencontré d'anges dodus aux ailes blanches dans mes jeux vidéos. Jamais.*

— Je crois bien n'avoir jamais entendu autant de conneries en si peu de temps. Avec tout le respect que je te dois, bien sûr.

La jeune femme commença à regretter ses soirées en célibataire. Cela ne faisait que deux jours que Gorce s'était installé chez elle. Après tout, il pouvait parfaitement rentrer chez lui dormir. D'autant plus que son fils Damien était là, pour quelques jours. Sa maison se trouvait à une demi-heure en voiture. Ce n'était pas le bout du monde. Mais avec les quelques verres de vin qu'il se permettait, c'est vrai qu'il était plus prudent qu'elle l'héberge. Ils avaient bossé tard la veille. Ou tôt. Selon le point de vue où on se place. Et puis, elle commençait à se l'avouer, c'était tellement chouette d'avoir un ami sous son toit. D'entendre la maison se mettre en branle. Tout semblait plus facile.

— Il va y avoir une sixième victime, puis…

— Ça dépend. Il s'est peut -être fixé un nombre.

— Peut-être.

— Si je t'ai demandé de m'aider, c'est parce qu'on est complètement démuni. Les gendarmes ont fait appel à nous. La psychose commence à s'emparer de la population. Pour les deux premiers, la gendarmerie a mis ça sur le dos d'un chauffard. Mais là,…

— Oui, je te l'accorde, ça sent le film d'horreur, le chauffeur fou…

— Voire le chauffeur sans visage. Il y a un film de Spielberg comme ça. Hyperangoissant.

— Sauf que notre type, il a un visage et un nom et le permis de conduire. Je te parierai même qu'il pisse tous les matins et qu'après, il se fait un bon petit déjeuner.

— Ça ne l'empêche pas d'être dans un délire. Ce n'est pas réservé aux américains ce genre de scénario, que je sache.

Chiara avait lourdement insisté sur l'expression « que je sache ». Cela n'échappa pas à son mentor.

— Oui, surtout depuis qu'il n'y a que de ça sur les écrans. Le pire, c'est les jeux vidéos. Damien a eu sa période. Il était devenu complètement absent. Obsédé par l'idée de jouer. Il me disait que c'était cent fois plus riche que la vraie vie et qu'au niveau des sensations, c'était pas mal non plus.

— Et?

— Et papa est intervenu. Priorité au bac. Qu'il n'a pas eu, d'ailleurs.

Sans qu'elle sût véritablement pourquoi, Chiara se sentit apaisée. Gorce lui parlait de ses enfants. Gorce lui faisait confiance. L'estimait même probablement un peu. Enhardie, elle remit sa théorie sur le tapis.

— Lorsqu'on a à résoudre une équation à une inconnue, c'est systématiquement la lettre X que l'on nous enseigne à employer en premier réflexe. Non?

Son coéquipier acquiesça. Il regarda Chiara avec plus d'intensité. Et si elle voyait juste? S'ils avaient à faire à un maniaque de la lettre

X ? De l'équation à une inconnue. Du poseur d'énigmes à tous crins.

Après tout, il y avait la lettre X dans le mot SphinX.

*Je sais qu'il y a des flics qui sont en train de réfléchir. Normal, c'est aussi le métier. Si ça se trouve, à l'heure où je vous parle, ils ont déjà trouvé qu'il y avait la lettre X dans SphinX. Il ne faut jamais sous-estimer les flics. Surtout quand ils pensent à deux et que le couple est mixte. C'est comme avec la vie. Dans la vie, les couples mixtes, ça fait naître des bébés. Pas seulement nés sous X. Pas seulement arrachés des bras de leur famille d'adoption parce qu'elle s'est tuée accidentellement, le nez collé contre le pare-brise d'un trente- deux tonnes. Ne pas sous-estimer les flics qui pensent à deux. Et puis, Chiara, elle est amoureuse. L'amour, ça rend plus instinctif, plus intelligent. De qui ? De son ex-chef. Je le sais. Je l'ai lu dans sa voix quand elle m'a parlé de lui.*

*Elle m'a dit :*

*— Kevin, j'ai une sale affaire sur le dos. Un taré qui dégomme au hasard sur le plateau de Millevaches. Vous êtes bien originaire du Plateau, vous ? Vous savez à quel point c'est isolé, là-haut.*

*Vous pensez bien que j'ai joué à l'indifférent. J'ai continué à soulever la fonte. Comme ça, elle n'a pas pu voir que je rosissais un peu au niveau des joues. C'est mon défaut. Quand on parle de moi, je rougis. J'ai toujours eu cette sale habitude. Rougir quand on parle de moi. Il faut dire que La Mère, elle m'avait tellement mis en confiance pendant trente ans que je ne pouvais que rougir quand on parlait de moi.*

*— Je vais demander à un ancien collègue de m'aider.*

*Oh ! ça n'avait pas été difficile de lui arracher le nom de son ancien collègue ! Elle semblait fière d'en parler. J'ai même pu me faire une idée assez précise de lui. J'ai envie que ce soit lui le compagnon-zombie de la Mère. Pour qu'il la mate un peu. Celui-là, il n'a pas l'air d'être un con, c'est moi qui vous le dis. Il va la faire filer.*

*J'étais à deux doigts de savoir son adresse quand cet abruti de Julio a décrété que la salle fermait plus tôt. Mince. J'ai laissé tomber la question. De toute façon, j'ai bien compris, qu'ils allaient être collés, ces deux-là. Je suis retourné chez mon pote, à côté de Gentioux. Pas la porte à côté… Il m'a présenté une de ces Cx préférées : une GTI turbo. Rouillée des bas de caisse mais doté d'un tableau de bord comme celui d'un cockpit. Mon pote, il ne me pose pas de questions. Je l'ai connu au collège. On aimait les mêmes jeux. On détestait les mêmes profs. Ça crée des liens. Solides. C'est le X qui s'est imposé à moi quand j'ai pénétré dans son* «cimetary car», *juste après le meurtre de la Mère. Le X. Pas les chevrons.*

*J'ai réalisé que là, c'était le signe suprême. Et que le* road-movie *allait pouvoir commencer. Au début, j'ai ciblé tous ceux qui m'avaient gonflé et qui feraient de bons zombies auprès de la Mère. Il y a eu toi, le maître d'école. Le premier à m'avoir traité d'idiot. Quand tu as dit ça à la Mère, elle n'a rien trouvé de mieux que de le crier sur les toits. «Il est idiot ! Et dire que je ne touche même pas cent francs par mois pour m'occuper de lui.» Puis, il y a eu toi, la rouquine, Puis, machin, machine. Le truc pénible, c'est que je vous connaissais et que La Mère aussi. Je me suis dit «il lui faut des têtes inconnues, qu'elle flippe un peu.» Et puis, je dois dire qu'à force de vous écraser, vous, avec vos têtes que je connais, j'avais l'impression d'être totalement injuste. Qu'il y en avait d'autres qui méritaient la mort autant que vous. Et que ceux-là, il ne fallait pas les décevoir.*

— Tu es déçu par mon raisonnement? Tout cela ne semble pas tenir la route, c'est ce que tu es en train de penser?

Non, Gorce trouvait qu'au contraire, tout cela tenait extrêmement bien la route. Un peu trop même. Si le taré du plateau avait pu faire quelques dérapages non contrôlés, tout le monde aurait été bien soulagé.

— Non, je ne suis pas du tout déçu. Je pense à la lettre X. Toi, elle t'évoque l'inconnu en mathématiques, moi, elle me fait penser au Sphinx et à ses énigmes à la noix. Peut-être que ce type joue avec nos nerfs. Possible. Et qu'il faille laisser filer notre imagination, comme lui.

— Je suis fatiguée.

*Moi aussi, je suis fatigué. Je n'aurais jamais cru que c'était aussi usant de dénicher les zombies qui iraient pile-poil avec La Mère. Je crois que j'ai fait du bon boulot. Ni trop. Ni trop peu. Le maître, la toiletteuse, machin, machine et le petit dernier d'hier.*

*Ils vont aller la rejoindre. Ça fait déjà un bon bout de temps que ton corps a dû être trouvé, au bout de la corde qui pend à la poutre bleu canard. En totale harmonie avec ton visage de pendue. Ils ont dû puer le macchabée pendant des jours, ceux qui t'ont décrochée. Si ça se trouve, les asticots avaient commencé leur travail. Je parierais que la vieille d'à côté a désinfecté le palier avec de la Javel, du piment et du jus de citron. Elle est maligne, la vieille.*

*Je sais que tu avais tout prévu pour ta mort. Les pompes funèbres étaient venues un matin et tu leur avais expliqué tes volontés. J'avais tout entendu.*

*Tu voulais une place dans le caveau de famille. On t'a expliqué qu'il était plein comme un œuf, mais tu as tellement insisté qu'on a fini par te l'accorder, ta place.*

*Auprès des miens.*

*Parce que c'est là que j'ai compris que tu étais une vague cousine de ma famille adoptive. Une vague cousine de ma mère adoptive. Tu ne voulais pas que, moi, j'ai droit au repos éternel, à côté des seules personnes qui m'avaient donné de l'amour. Tu m'as piqué ma place.*

*Tu as même prévu le bouquet de fleurs artificielles. Cinq euros, les chrysanthèmes. Par lot de quatre. Là, tu as mal joué, la Mère. Vu le fumet que tu dégageais le jour de tes obsèques, si j'avais été à ta place, j'aurais opté pour des lys à la douce odeur entêtante. Mais tu ne pouvais pas savoir que tu allais finir au bout d'une corde. Moi non plus, à cette époque, je ne le savais pas. Le projet s'est formé peu à peu dans ma tête. Faire de toi, la Reine de la saleté, de la mort, de tout ce qu'il y a de plus dégueulasse sur terre.*

*Et puis, te trouver des acolytes. Que j'éliminerai à coups de pare-chocs pour qu'ils connaissent le même sort que mes parents adoptifs le jour où le trente-deux tonnes les a pulvérisés. Qui me dit que ce n'était pas toi qui le conduisais, le trente-deux tonnes ? Tu avais ton permis poids lourd. Je l'ai retrouvé au fond de la boîte en fer où tu amassais ton magot. Tu es encore plus démoniaque que moi. J'ai été le premier surpris de découvrir ça. À moins que Martin, que Rosa ne l'aient découvert eux-aussi.*

*Il ne me reste plus qu'à te trouver un bon zombie mâle qui te fasse filer.*

*Ce zombie, ce sera Gorce. Le prétendant de la belle Chiara. Un peu vieux comme prétendant, mais j'avoue qu'il a de beaux restes. Tu vas aimer, la Mère. Surtout quand il découvrira que sous tes airs de Sainte Vierge, tu dissimules une criminelle de haut vol. Il sait les démasquer, les vieilles garces de ton genre. Je n'ose même pas te dire ce qu'il risque de te faire subir. Un ex-flic , tombé au champ d'honneur sous les roues d'une Cx à la carlingue froissée, ça ne doit pas avoir beaucoup d'état d'âme quand ça se retrouve zombifié en si bonne compagnie.*

— Tu sais que j'aime bien ta compagnie.

Le commissaire à la retraite s'autorisait là un geste verbal qu'il savait un peu risqué. Était-ce le vin, la douce chaleur du feu de cheminée ou l'odeur alléchante des cèpes en train de griller avec les pommes de terre qui provoquaient chez lui ce soudain élan de franchise ?

Toujours est-il que Chiara répondit cela :

— Tu pourrais tomber sur pire, c'est sûr.

Gorce semblait plongé dans d'épais songes.

— C'est étrange la vie. On ne sait jamais quelle direction elle peut prendre. Tu vois, si ce malade ne s'était pas manifesté, je ne serais pas là, chez toi, ce soir.

Il était plus que manifeste que cette soirée revêtait pour l'ancien commissaire à la retraite les contours d'un véritable rêve éveillé. Chiara avait peut-être bien trente ans de moins que lui, et pourtant il n'y avait aucune gêne dans leur relation. C'était comme s'il avait été jeté en arrière de plusieurs dizaines d'années. Il était en train de revivre les mêmes émois et les mêmes étonnements. Il n'écoutait d'ailleurs plus son doux babillage, mais observait ses lèvres, ses yeux, son cou.

La jeune femme poursuivait son raisonnement, tout en se levant de temps en temps pour aller vérifier la cuisson des pommes de terre et des champignons. Sa poitrine frémissait légèrement sous son chemisier rose à fleurs bleues, et Gorce avait alors drôlement envie de s'en saisir.

— Je ne sais pas pourquoi, mais je reste persuadée que ce n'est pas par hasard s'il choisit ces modèles. Le X est signe de quelque chose.

Quand elle parlait ainsi, en faisant de larges gestes avec ses mains, sa poitrine se soulevait délicieusement.

Il n'écoutait déjà plus ce que disait Chiara. Il savait que c'était là le moment. Que peut-être cet instant si particulier pouvait ne jamais se renouveler. Il percevait quelque chose dans l'air. D'électrique et de chaud.

— Chiara, je peux te demander quelque chose? Enfin... c'est complètement idiot, mais...

La jeune femme cessa aussitôt ses babillages et le laissa parler.

— ... je peux t'embrasser?

Il était hésitant. Chiara aima cette hésitation. Comme pour lui éviter d'autres sortes d'hésitations, c'est elle qui approcha son visage, c'est elle qui attrapa ses lèvres.

Et c'est elle qui, une fois le baiser accompli, murmura:

— oui, tu peux.

*Ce qu'il peut ou ce qu'il ne peut pas, il n'en n'a aucune idée. Le truc qu'il n'a pas encore essayé, c'est les zombies trempant dans leur jus. Le souci, c'est que j'hésite. Comme lui en ce moment. Lui, il ignore s'il doit aller plus loin avec Chiara. Moi, j'ignore si la CX va démarrer. J'ai envie de lui dire: putain! Fais-toi plaisir, le temps passe vite! Demain, à cette heure-là, tu seras dans une chambre funéraire. Tu pourras même pas voir Chiara qui détournera son regard parce qu'elle ne te reconnaîtra pas. Les ébats avec la Mère, ils n'auront pas le même goût, sois-en certain. Profite, profite...*

Gorce ne voulait aucunement profiter de la situation. Et si elle lui reprochait demain, son empressement? Et si elle venait à lui rappeler son statut d'homme marié? Et si, et si, pire… si elle tombait amoureuse.

Gorce en était là de ses interrogations quand son portable se manifesta. Il regretta de ne pas l'avoir mis sur «silencieux». Qui pouvait bien avoir besoin de lui parler ce soir, à ce moment-là? Il perçut vaguement la déception de sa partenaire. Mais le message qu'il venait de recevoir demandait une réponse. «J'ai perdu les clefs de la maison. Tu es où?»

*Ah! si tu savais mon garçon où est ton papa en ce moment… mais ce n'est pas vraiment ce qui t'intéresse! Ce qui t'embête, ce qui te tracasse, ce qui te fait chier au plus haut point, c'est d'avoir perdu ton portable. C'est bien ça, je ne me trompe pas? T'inquiète pas, quand tu auras retrouvé ton portable, tu n'en auras plus rien à faire. Parce que tu verras qu'il y a pire que de perdre son portable, c'est de perdre son père. Moi, je n'imagine même pas, vu que mon père, je ne l'ai jamais connu. C'est dingue la manie que vous avez de fourrer cet engin dans votre poche arrière. Tu ne t'es jamais dit que c'était hypertentant pour les mecs qui n'ont que ça à foutre. Tu n'as pas mis longtemps à t'en apercevoir, qu'il n'était plus dans ta poche.*

*Trop tard… le bus était reparti et puis t'es pas rapide comme garçon. Tu me diras, je ne devrais pas ironiser sur ton incapacité à piquer un sprint, étant donné le temps que j'ai mis à décoincer ton bazar. Normalement, il me faut trente secondes. Le tien, je ne sais pas si tu es parano ou quoi, mais il m'a fallu cinq bonnes minutes. Tu as placé ton père dans tes numéros favoris. C'est bien. Tu es un bon fils. Un fils qu'on ne peut pas laisser poireauter devant la porte de la maison familiale, un soir de pluie.*

— Merde, je suis désolé Chiara, je dois faire un saut chez moi. J'en n'ai pas pour longtemps. C'est Damien. Il a perdu les clefs de la maison. On dirait vraiment qu'il le fait exprès, celui-là.

— Les enfants ont probablement un sixième sens. Ne t'inquiète pas. Prends ton temps. Je t'attends.

*C'est ça, prends ton temps. Mais pas trop tout de même. La rue est déserte et ce n'est pas certain qu'elle le reste indéfiniment. Tu devrais emprunter les escaliers. C'est toujours plus rapide qu'un ascenseur hésitant. Tu t'es garé assez loin de l'immeuble de Chiara. Tu devais avoir besoin de réfléchir. Il y a des gens qui pensent mieux quand ils marchent. C'est ton cas ? Tu pensais à moi ? Et là, tu penses encore à moi ? Tu as l'air soucieux. C'est la crainte d'avoir vexé Chiara qui te préoccupe ? Tu n'as rien à craindre de ce côté-là. Chiara, ce n'est pas une emmerdeuse. En ce moment, elle est sur sa terrasse, emmitouflée dans une parka jaune, en train de te regarder t'éloigner. Elle est heureuse. Comme quand elle termine ses séances de gym. Détendue. J'ai même l'impression qu'elle rigole. Oui, elle rit. On dirait qu'elle n'arrive pas à réfréner son rire. Je ne voudrais pas que ce rire cesse à cause de moi. De toute façon, elle va rentrer se mettre au chaud dès que tu auras tourné à l'angle de la rue.*

Chiara ne pouvait réfréner son rire parce que l'ex-commissaire, dans sa hâte de résoudre le problème avec son fils, était parti très rapidement, complètement débraillé, avec, aux pieds, une vieille paire de pantoufles dépareillées qu'il avait dénichées dans le placard de l'entrée. Il était vraiment étonnant, ce type. D'une fantaisie déconcertante quand quelque chose le troublait.

*Soyons sérieux, ça n'a rien de déconcertant de partir en pantoufles. C'est juste le signe qu'il va La retrouver. La Mère aussi, elle portait une paire de pantoufles. Dépareillées. Chiara ne devrait pas rire de ce genre de détails. Les détails, c'est ce qu'il y a de plus important. Ce serait bien qu'il tourne maintenant , parce que, moi, je suis prêt. Ou plutôt, elle est prête. Suspension hydraulique en position haute… Coefficient de traînée optimal pour une réception tout en douceur. Encore trois pas et c'est bon, il va tourner. Merde ! Pourquoi il s'arrête ?*

Merde ! C'est pas possible. Gorce regardait son pied gauche comme si cette partie de son anatomie lui était devenue étrangère. Il faut dire que la mule grise trempant dans une énorme crotte de chien venait de lui confirmer ce à quoi il pensait quelques secondes plus tôt. Il n'était plus fait pour les rendez-vous galants. Ce n'était plus de son âge de se multiplier ici et là. La preuve : il était onze heures du soir et il était planté comme un con, sous la pluie, avec, au pied droit, une mule auréolée d'un marron foncé qui commençait à lui donner la nausée. Manquerait plus de tomber sur une connaissance. Il jeta un œil alentour, mais les gens semblaient s'être tous absentés de leur domicile. Tous, sauf ce type qui venait de démarrer sa bagnole. Et qui lui rappelait vaguement quelque chose. Il essaya d'identifier le type derrière son volant, mais la pluie, l'obscurité et la distance gênaient salement sa perception visuelle. Pourtant, Gorce sentait qu'il fallait qu'il se rappelle quelque chose. Une chose récemment évoquée.

*Tu entends le bruit du moteur. Endurant, puissant, élastique. Il va enfler tout doucement. Dans un instant, tu vas déchiffrer sa signature sonore. Et alors, tu te souviendras.*

De quoi fallait-il qu'il se souvienne exactement? Les choses prenaient une drôle de tournure. Tout à l'heure, il évoluait dans un rêve aux contours plutôt attractifs, et là, ça commençait à virer au cauchemar. Il vit les feux du véhicule s'allumer. Deux yeux jaunes. D'un éclat suranné. Il vit se mouvoir la longue carcasse. Il savait qu'il ne fallait pas rester planté là, sous la pluie, avec cette pantoufle enduite de merde de chien. Il le savait, mais il n'y pouvait rien. Il était comme cloué au sol avec l'envie impérieuse de savoir qui était le type derrière le volant. De savoir si son heure était arrivée, à lui aussi: il avait reconnu la séduisante silhouette de la CX Citroën.

Chiara aussi l'avait reconnue. La voiture et le type à l'intérieur. Elle avait parfaitement identifié Kevin. Le Kevin de la salle de sport qui venait lui parler en boucle de ses jeux de zombies. Le Kevin originaire du Plateau. Si Gorce ne s'était pas arrêté à l'angle de la rue, en prise avec cette crotte de chien, elle serait rentrée se mettre à l'abri car le vent commençait à forcir. Mais Gorce était resté là, planté sous la pluie, à fixer la berline, à écouter son moteur. C'était lui, le prochain. Dans ce genre de situation, on aimerait être un oiseau, un oiseau géant fondant sur sa proie. Elle se contenta de hurler. De hurler à s'en déchirer les cordes vocales. Elle ne sut pas le mot qu'elle cria. Gorce ne s'en rappela pas non plus. Mais, une chose est certaine : elle cria si fort que le cauchemar prit fin.

*Non, le cauchemar ne prend jamais fin. C'est vrai que j'ai abdiqué quand j'ai entendu ton cri, Chiara. Il troublait le ronronnement de mon moteur. C'était dissonant. Tu sais que ça a fait rire les jurés quand j'ai dit que c'était dissonant.*

*Comme quoi… ce putain de facteur humain, on ne sait jamais où il va se nicher.*

*FIN*

## Néphrectomie

François Clapeau

1/ Le tueur

Il contemple sa victime depuis déjà une heure. Calé sur un banc de bois tout contre son précieux sac à dos, les poings serrés dans les poches de sa veste à capuche noire, il est resté immobile, attendant que la nuit fige les ombres. Elles sont maintenant prisonnières de la lumière blafarde des lampadaires. Dans l'obscurité, il ne trouve pas de lieu définitif où poser son esprit. Alors, il lève les yeux vers les étoiles, et sent la trahison dans l'infini.

Ce matin, il s'est laissé conduire à Limoges par une femme à la mine flétrie et aux cheveux hirsutes, dans une antique Clio au moteur agonisant. Elle espérait visiblement du jeune autostoppeur une faveur inavouable, sans risque et bon marché. Kevin ressemble à ce qu'il est : un routard. Mais il peut encore séduire une désespérée. Il prend soin de son corps et de ses habits. Il ne veut pas porter sur lui l'odeur nauséabonde de la déchéance, comme les miséreux qu'il côtoie trop souvent. Il passe chaque semaine une nuit à l'hôtel, pour le bain et la lessive. Tous les mois, il se rend chez un coiffeur, qui doit couper court une tignasse rapidement incontrôlable. Ce sont des règles. Quand on n'a plus d'objectif, la moindre forme de discipline peut représenter un outil précieux pour rester debout.

La conductrice a fini par poser sans détour une main sur sa cuisse. Kevin a hésité à la tuer. Sur cette route de campagne, entre deux coquets villages nommés Saint-Maurice-des-Lions et Étagnac, il aurait pu cacher la voiture, et le corps. Mais son sac à dos était posé sur la banquette arrière, rendant le couteau caché à l'intérieur difficilement accessible. Et le voyage vers Limoges était loin d'être terminé ; Kevin ne souhaitait pas prendre le risque de passer encore des heures débout, le pouce en l'air, à regarder les fumées de pot d'échappement crachées par des voitures qui ne voulaient pas de lui. Alors, il a délicatement repoussé la main aventureuse, en accompagnant son geste d'un regard tendre teinté de promesses. Calmer les ardeurs en entretenant l'espoir. Arrivé à destination, sur le parvis de la gare de Limoges, il a attrapé son sac et quitté la voiture à peine le frein à main serré, laissant derrière lui une créature frustrée, mais vivante.

La gare de Limoges est très belle. Il a admiré son drôle de campanile, et son dôme étonnant. Puis il a rangé ces images dans une case de sa mémoire, pleine de photos imaginaires. Chaque monument est relié éternellement à un corps inerte, assassiné. Souvent des sans domicile fixe, près des tours de La Rochelle, ou au pied du Château des ducs de Bretagne, à Nantes. Parfois une prostituée, sur le port de Brest, et derrière la dune du Pilat. Les remparts de Saint-Malo ont une place spéciale : c'était un enfant. Tous s'étaient moqués de lui. Avec leurs sourires ironiques dissimulés sous une fausse bienveillance, ils ont bousculé son fragile équilibre. Ils ont volé des morceaux de confiance. Ils l'ont regretté. Kevin garde aussi dans son sac à dos des vestiges beaucoup plus concrets de ses crimes, mais il les contemple rarement, préférant plonger dans ses souvenirs.

Devant la gare, s'étend un grand parc. Il s'ouvre sur un large bassin peuplé de jets d'eau, il se prolonge avec de grandes allées de verdure, et il se termine piteusement dans un affreux parking. C'est un lieu idéal pour rencontrer clochards et prostituées. Kevin en a immédiatement repéré, en plein jour, avec leurs regards méprisants et narquois. Mais il a aussi aperçu des bars, des promeneurs, il a croisé deux voitures de police… Tuer ici, c'est prendre le risque d'être vu ; ce n'est pas envisageable. Depuis le début de son voyage, la discrétion l'obsède. Ne jamais dormir deux nuits au même endroit. Ne jamais tisser de lien, sauf s'il est suivi d'une mort violente. Et pour tuer, pas d'originalité : un coup de couteau bien ajusté, une pierre écrasée sur le crâne, ou éventuellement une strangulation, mais toujours avec des gants neufs. Pas de traces, pas de témoins. Des crimes sans liens géographiques, sans mobile logique… Une épopée incohérente, donc inarrêtable.

Il a suivi un mendiant, qui claudiquait à travers les rues de Limoges. Une ville dont il connaît bien le nom : il figure sur la carte d'identité que Kevin conserve au chaud dans la poche arrière de son jean, comme un vestige du passé. Il est né ici, il y a 32 ans. Il est parti avant de savoir marcher, et n'est jamais revenu. Enfant, il posait parfois des questions à sa mère sur sa ville natale, mais elle restait évasive, un peu gênée, un peu honteuse. Et dans leur pavillon miteux de banlieue parisienne, le nom n'était jamais prononcé. On en parlait parfois à la télé, à propos d'un match de basket ou d'une météo trop agitée. Il n'a jamais osé se renseigner plus précisément. Aujourd'hui, il découvre des quartiers proprets, quelques rues pavées, de drôles de bus pendus à des lignes électriques qui griffent le ciel, et des vitrines opaques, ruinées par le virus qui ronge toutes les villes moyennes et qui les vide de leurs commerces. Il voudrait se laisser séduire, pour s'inventer de nouvelles racines. Mais rien n'accroche son regard. Limoges est une cité comme les autres, qui se trouvait simplement sur sa route ; une étape banale dans une errance meurtrière.

Finalement, le marginal a échoué dans un autre parc, au pied d'une cathédrale. Loin de l'animation du centre ville. Ici, les buissons sont taillés au millimètre, et les fleurs parfaitement entretenues. Le jour, c'est sans doute un enchantement pour les familles en balade, un havre de paix pour les citadins stressés. Mais quand Kevin a franchi les grilles du jardin à la nuit tombante, des visiteurs interlopes avaient déjà pris possession des lieux. Plusieurs sacs de couchage étaient apparus sous les buissons, et des bouteilles d'eau aux contenus suspects s'échangeaient entre les mains tremblotantes d'individus qui, depuis longtemps, ne boivent plus seulement pour le plaisir. Kevin s'est assis sur ce banc, un peu à l'écart. Il a attendu. Puis il a repéré un être plus insupportable que les autres.

Il est allongé sur un muret de pierre qui délimite une partie haute du parc. Il domine une deuxième terrasse, plusieurs mètres en contrebas. Une haie de lauriers isole sa silhouette du reste de la faune. Sa poitrine se soulève régulièrement. Il dort, profondément.

Sa tête repose sur un épais sac de toile : c'est un voyageur. Il est maigre, il doit avoir faim. Ses habits ne sont pas vraiment usés, ils ont probablement été offerts par une association trop généreuse. Sa peau est sombre, ses lèvres épaisses. Un Africain. Kevin n'a pas de doute, cet individu n'a probablement aucune autorisation de vivre en France. C'est un étranger, un sans-papiers. Pire qu'un sans-abri. Kevin a dû partir de chez lui, quitter sa ville, abandonner la société. Pourquoi cet homme mériterait-il d'y trouver une place ? Pourquoi sa souffrance serait plus noble ? C'est de l'orgueil, de l'arrogance. Du vol. Kevin le déteste.

Il l'observe encore. L'homme ne bouge pas. Alors, peu à peu, Kevin entre dans un état qu'il connaît bien. Sa conscience se délite. Une sève chaude et enivrante monte en lui, propulsée par les battements de son cœur vers ses sens et ses muscles. Elle les irrigue d'un parfum de liberté. Après des années d'enfermement au fond d'un corps éteint, elle veut maintenant jaillir, guider, et frapper. Kevin se lève, fixe machinalement son sac sur son dos. Il en extrait un long couteau de cuisine qu'il tient maintenant contre sa jambe. Il s'approche du muret sur lequel le dormeur est étendu. Une demi-lune éclaire le sol parsemé de graviers. Un dernier regard alentour confirme que la scène est isolée de tout regard indiscret.

Kevin se trouve maintenant presque au-dessus du profiteur. Il suffirait de le faire basculer pour qu'il tombe dans le vide ; mais sa mort ne serait pas certaine. La respiration de l'Africain est toujours aussi calme. Ses paupières closes se prolongent par de longs cils qui lui donnent un air d'enfant. Mais ses joues piquetées de cicatrices évoquent un passé déjà lourd. Ses mains détendues aux doigts longs et fins sont jointes sur son ventre. Elles n'empêcheront pas de viser le cœur.

Kevin resserre sa prise sur le manche de son couteau et lève le bras droit, le plus fort. Ses muscles sont tendus, son cœur est au bord de l'explosion, la sève monte enfin dans son cou aux veines saillantes, jusqu'à son cerveau exalté. Ses oreilles bourdonnent comme s'il allait défaillir, mais il se sent plus puissant qu'aucun autre homme sur terre. Il ferme les yeux pour mieux apprécier la course lascive des fines gouttes de sueur qui glissent sur ses tempes. Il voudrait crier pour célébrer sa délivrance. Soudain, il frappe. Le couteau plonge vers la poitrine du gisant. Et s'arrête en pleine course. Les mains de la victime ont saisi celle de l'assassin, et retiennent l'arme à quelques centimètres de sa cible.

Kevin est stupéfait. D'habitude, c'est si facile. Il reprend ses esprits et découvre les yeux grands ouverts d'un homme terrorisé, toujours allongé sur le muret, mais bien éveillé. Il cherche à dégager le couteau, mais l'Africain tient bon et tente déjà de se relever. Son regard est noir, profond ; dans ses pupilles, la peur laisse rapidement la place à une détermination féroce. Sans lâcher le couteau, il se redresse et se trouve maintenant à genoux sur le muret. Kevin n'est pas un guerrier, il n'est pas entraîné pour un combat si cruel. Il ne peut compter que sur des réflexes, peu fiables. Mais ce soir, c'est une question de survie. Avec l'énergie du désespoir, il lutte pour conserver son arme, et parvient à consolider sa prise. En vain : les mains de l'adversaire sont crispées sur les siennes et l'empêchent de bouger. Alors, Kevin repousse l'Africain pour tenter de le faire basculer derrière le muret.

S'il y parvient, la chute de plusieurs mètres aura au moins raison de sa colonne vertébrale. L'homme est déséquilibré, mais il s'accroche encore aux mains qui tiennent l'arme. Il ne sait pas quel est le plus grand danger : le couteau, ou le précipice. Rassuré, Kevin le repousse encore. Soudain, l'Africain retire ses mains du couteau, et comme un félin, se jette en arrière. Kevin croit la partie gagnée : il frappera dans le dos. Mais l'homme ne cherche pas à fuir. Avec une vivacité inattendue, dans un mouvement invraisemblable, il porte un violent coup de pied à la tête de son agresseur. Kevin titube, s'affale, lâche son arme. Il la voit changer de mains. La lame s'approche de son visage. Elle brille dans la lumière laiteuse de la lune. Une déchirure brûlante traverse son corps, et il perd connaissance.

## 2/ Le chirurgien

— Monsieur Kotz ?

La voix qui appelle semble avoir traversé des kilomètres de brouillard.

— Monsieur Kotz ? Est-ce que vous m'entendez ?

Le son se rapproche, mais un souffle diffus brouille l'onde qui doit le transporter jusqu'aux tympans. Elle se tord comme un disque vinyle qui accélère et ralentit.

— Jean-Luc, je crois qu'il ouvre les yeux.

— Monsieur Kotz ?

Pour ne rien faciliter, une deuxième voix est apparue, toujours aussi difforme et désaccordée. L'écartement d'une paupière pour tenter de mieux comprendre la situation représente un effort colossal, couronné par une nouvelle douleur aiguë et déroutante : une lumière blanche agresse le regard. Elle s'immisce à travers les yeux jusqu'au fond du crâne, et trouble un peu plus les stimulations provenant d'un univers hostile.

— Monsieur Kotz, vous me voyez ? Bonjour…

Kevin voudrait ouvrir sa bouche, mais elle semble remplie de coton.

— Ne parlez pas si vous n'en êtes pas capable. Je suis le docteur Darthou. Vous êtes hospitalisé au CHU de Limoges. Vous vous souvenez de ce qui vous est arrivé ? Faites oui ou non de la tête…

L'homme est maigrichon. Il a le crâne rasé, et il porte des lunettes aux montures rondes cerclées de plastique noir. Il est accompagné d'une jeune femme grande et fine, au visage avenant. Tous deux sont vêtus de blouses blanches. Kevin a déjà oublié la question qui lui était posée. Il hausse les épaules, ce qui fait naître un mal intense dans son ventre. Le gringalet parle encore :

— Si vous avez les idées encore floues, c'est normal. Vous venez de subir une opération sous anesthésie générale, vous sortez juste de la salle de réveil. Vous allez bientôt vous sentir mieux.

Kevin ferme les yeux un instant, et les rouvre avec précaution, comme si la lenteur du geste pouvait le préserver de la souffrance. L'homme a disparu. La femme est restée seule. Avec une seringue, elle injecte un liquide sans couleur dans une poche en plastique accrochée sur un trépied métallique, juste à côté du lit. Des tubes transparents relient la poche au bras du patient.

— Tout à l'heure, si vous avez encore mal, on vous installera une pompe à morphine. Vous pourrez la gérer tout seul. Ça va déjà mieux?

Kevin tente de baisser le menton sur sa poitrine pour acquiescer, mais le geste est malhabile. Le message semble tout de même passer.

— Très bien. Reposez-vous, le docteur Darthou reviendra quand vous serez plus en forme.

Kevin la regarde sortir de son champ de vision.

Alors, il est à l'hôpital. Il cherche à bouger, mais, en plus d'une douleur insidieuse, chaque mouvement est entravé par des perfusions ou des pansements. Le plus important se trouve sur son flanc droit, au niveau de la ceinture. Ses oreilles perçoivent toujours un sifflement sourd et continu. Il s'accompagne d'un ronflement. Celui d'un voisin endormi, étendu un peu plus loin. Le lit de Kevin est situé près de la porte, l'autre est installé devant une fenêtre.

L'hôpital, c'est mieux que la prison. Mais en ce moment même, un policier monte probablement la garde dans le couloir, pour éviter une évasion. La justice ne doit pas être loin. La brume qui occupait l'esprit de Kevin se dissipe et libère un peu d'espace pour une réflexion nouvelle, consacrée aux évènements récents. S'il est à l'hôpital, c'est que quelqu'un l'a secouru. Un témoin, qui a forcément pu raconter la scène. Il aura retrouvé son sac, garni de secrets. L'Africain a décrit son agression, son agresseur. Kevin ignore depuis combien de temps il est allongé ici. Peut-être la police a déjà eu l'occasion d'enquêter. De retrouver son chauffeur, de remonter dans le passé, de suivre son périple. La route s'arrête ici, à Limoges, où elle a commencé. Kevin sent sa gorge se serrer.

L'infirmière est de retour, avec le médecin. Il a une mine réjouie.

— Alors monsieur Kotz, on dirait que vos yeux ont retrouvé un peu de vigueur… Vos idées se remettent en place ?

Kevin se concentre, prend son élan, et ouvre la bouche :

— Oui.

Il déteste ce médecin. Il déteste tous les médecins. Ce sont eux qui donnaient des pilules à sa mère, des molécules aux noms barbares, censées la soigner. C'était du poison. Ils l'ont déconnectée du monde, ils l'ont rendue démente. Kevin revoit les boîtes de médicaments, qui ressemblaient à de petits cercueils blancs, et les cachets qui en sortaient, comme une armée d'assassins. Les médecins en offraient, encore et encore, pour se débarrasser d'une patiente qu'ils ne guériraient pas. Ils avaient atteint leur objectif.

— Vous vous rappelez de ce qu'il vous est arrivé ?

— Un peu…

— Je vous explique. Vous avez été victime d'une agression, il y a deux jours, au jardin de l'Évêché.

— Une… Comment ?

— Quelqu'un vous a porté un coup de couteau, dans l'abdomen. Peut-être pour vous voler ? Ce n'est pas mon affaire. Moi, je suis le chirurgien : je suis urologue. Je vous ai soigné. Un autre… vagabond, qui se trouvait, comme vous, dans le parc, a appelé le SAMU. Heureusement, vous n'étiez pas loin du CHU, parce que vous avez énormément saigné. On a dû vous réanimer, et on vous a opéré dans la foulée. Il fallait d'abord arrêter le saignement.

Le rythme cardiaque de Kevin s'est accéléré. Il le sent, et le il voit sur un écran pendu à côté de son lit : la machine traduit en lignes colorées ses constantes vitales. L'annonce fait l'effet d'une piqure d'adrénaline directement dans son cœur. Il écoute le médecin avec vigilance, mais aussi avec une inquiétude grandissante qui concerne cette fois son état. Le docteur Darthou sourit, passe une main sur son crâne complètement lisse, et continue :

— La lame du couteau a eu un parcours inhabituel, sur le côté. Elle a évité les intestins, mais elle a touché un rein, le droit. Au bloc opératoire, j'ai essayé de le préserver, mais il était vraiment trop abimé. Alors, j'ai procédé à une néphrectomie. J'ai enlevé le rein. Rassurez-vous, il reste le deuxième, qui fonctionne parfaitement… Vous aurez une vie presque normale, à condition de faire attention.

Sauvé, mais pas entièrement. Le médecin lui a pris un rein. Une partie de lui-même. Sans demander son avis. Après lui avoir enlevé sa mère. C'est une nouvelle effraction, un viol. Une douleur lui cisaille le ventre, mais elle n'est pas due à l'opération ni à la cicatrice qui doit désormais marquer son corps. C'est une rage perçante qui lui dévore l'estomac et vrille ses intestins. Il voudrait crier, mais n'en a pas la force. Il a ressenti la même colère au matin de son premier crime, devant ce pouilleux qui avait ri de lui à cause de ses cheveux ébouriffés. Il l'avait poignardé la nuit venue. Maintenant, il veut tuer ce médecin. Et il le tuera. Ses doigts pourtant faibles essayent de déchirer le morceau de drap qu'ils enserrent sous la couverture. Le docteur Darthou traduit ses mimiques par une appréhension d'ordre médical.

— Détendez-vous… Je vous explique : le rein, c'est un organe qui joue le rôle d'un filtre. Il permet de nettoyer le sang, et il élimine des déchets de l'organisme. On peut vivre avec un seul rein, mais il faut juste le surveiller, pour prévenir les soucis… Nous nous verrons régulièrement en consultation. En attendant, je vous laisse avec Julie, il va falloir gérer votre situation administrative. Pour l'instant, nous n'avons qu'une carte d'identité, qui était dans votre pantalon. À plus tard !

Le médecin sort d'un pas sautillant, comme s'il venait d'annoncer un heureux évènement. L'infirmière s'approche de Kevin, qui crispe sa mâchoire pour contrôler sa hargne. Elle ne remarque pas ses yeux rougis par la défiance.

— Monsieur Kotz, est-ce que vous souhaitez bénéficier de l'aide d'une de nos assistantes sociales ?

Au moins, il est considéré comme une victime. Et il espère que l'Africain s'est enfui bien loin, et qu'il ne pourra jamais donner sa version des faits. Kevin ignore ostensiblement l'infirmière, ferme les yeux et fait semblant de s'endormir. Il doit retrouver la sérénité nécessaire à la préparation d'un nouveau meurtre.

3/ Le policier

Kevin ouvre à nouveau les paupières, en baillant. Il n'a pas pu lutter contre le sommeil. Mais après un début de nuit réparateur, il a été réveillé trois fois par des aides soignantes qui lui apportaient des médicaments. Jean-Luc Darthou est probablement l'auteur des prescriptions qui ont provoqué ce va-et-vient inacceptable. Il va le payer.

Désormais, la chambre est éclairée d'une lumière douce et matinale. Kevin est trop loin de la fenêtre pour voir le paysage, mais il l'imagine verdoyant et champêtre. Son voisin, un homme âgé, a allumé la télévision. C'est un ennuyeux téléachat. Kevin va devoir faire un effort pour se concentrer à nouveau.

D'abord, il doit sortir de l'hôpital. Dès qu'il aura repris assez de forces, il se lèvera. Il devra récupérer des habits. Dans cette chambre, peut-être dans une autre. Puis il sortira du CHU, sans attendre qu'on l'y autorise. Ensuite, il lui faudra de l'argent. Les économies de sa mère se trouvaient dans son sac à dos. Il restait quatre mille deux cent trente euros, tout en liquide. L'Africain a fait une bonne affaire. Kevin espère que le moment venu, Jean-Luc Darthou aura sur lui un portefeuille bien garni.

Le présentateur vante les mérites d'une tondeuse à poils de nez et d'oreilles qui semble séduire l'occupant de l'autre lit. On frappe à la porte. Un homme entre dans la chambre, sans avoir attendu de réponse l'y autorisant.

— Bonjour messieurs. Bonjour monsieur Kotz. Je suis le lieutenant Mauduis, de la police de Limoges. J'ai des questions à vous poser. Vous vous sentez capable de répondre ?

Kevin est surpris par cette intrusion. Le policier est grand, athlétique, ses cheveux blonds sont coupés courts, dressés sur sa tête avec du gel. Il porte un T-shirt moulant qui met en valeur des pectoraux sculptés. Il présente une carte tricolore, qu'il range rapidement dans une poche de son jean. Kevin cherche une façon de lui répondre négativement. Il flaire un danger.

— Je peux plutôt venir vous voir quand je sortirai d'ici ?

— Non, ça n'attendra pas jusque là. Je vous demandais pour la forme, mais j'ai vraiment besoin de vous entendre. Vous allez voir, ce sont des choses très simples. Et déjà, j'ai une bonne nouvelle : on a arrêté votre agresseur !

Le ton est bravache, le policier est fier de lui. Kevin se fige, paralysé par le stress.

— C'est un sans-papiers guinéen. Il dit qu'il a dix-sept ans, mais, en vrai, il en a au moins vingt-cinq. Bon, dites-moi, vous faisiez quoi dans ce parc ?

— Eh bien… Je voulais y passer la nuit ! Dormir. Je ne suis pas d'ici, mais comme il y avait d'autres personnes, je me suis dit que je ne gênerais pas… Et comme il faisait assez chaud dehors, je me suis allongé, et je me suis assoupi…

— Vous êtes né dans cette ville pourtant, c'est écrit sur votre carte d'identité, regardez… Limoges, 87…

— Oui, mais j'ai toujours habité Meudon.

— Bien. Expliquez-moi, vous vous êtes allongé pour dormir sur le muret en pierre où vous avez été frappé ? C'est pas très confortable, non ?

L'accumulation de questions accentue la montée d'angoisse. Kevin a l'impression que l'enquêteur recherche dans ses réponses d'éventuelles contradictions.

— Oui, je crois… Je ne me souviens pas précisément.

— Vous aviez un sac, ou quelque chose comme ça ? Souvent les clodos ont un sac. Et là, à côté de vous, on n'a rien trouvé…

Kevin prend le temps de réfléchir pour éviter de donner une réponse trop précise qui pourrait lui coûter cher.

— J'avais un duvet, avec des affaires de toilette dedans... On a dû me le voler...

— Et pas de vêtements de rechange? Vous étiez habillé propre, pourtant...

— Je dors parfois à l'hôtel, et je fais des lessives. J'avais un peu d'argent.

— Le sans-pap avait du liquide sur lui, ça doit être le vôtre. Pour le reste, la racaille est certainement passée par là. On pourra pas vous rendre les sous tout de suite. Et oui, c'est comme ça, les sans-pap. Ça arrive en France, et ça fout le bordel. C'est pas vous qui direz le contraire, hein? J'espère que, quand Marine sera au pouvoir, on les foutra tous dehors, ça nous fera des vacances.

— Ta gueule, Mauduis.

C'est le voisin de chambre qui a parlé. Le policier est interloqué, et reste coincé la bouche ouverte. Il articule finalement:

— Pardon?

— Je dis: ta gueule. Tu fais chier avec tes conneries de Front National. Tu vois pas qu'à force de monter les gens les uns contre les autres, ces gens-là vont juste nous mener à une foutue guerre? Dans toute l'histoire, à chaque fois qu'un parti comme le FN a pris le pouvoir, il ne l'a pas rendu.

Le policier s'approche de la fenêtre. Kevin pense qu'il pourrait frapper son voisin. Mais il rit :

— Commissaire Gorce, je vous avais pas reconnu ! C'est un plaisir de vous revoir ! Alors, ça se passe bien, la retraite ?

— Franchement, d'après toi, ça a l'air d'aller ?

— Oh ! Bon, pardon !… Qu'est ce qui vous arrive ?

— C'est le crabe. La prostate. Mais bon, le toubib dit que je vais m'en sortir. Comme tu sais pas la fermer, je suis sûr que tout le commissariat va être au courant fissa. Alors, profites-en pour leur dire que je bouge encore. Et arrête d'emmerder le monde avec ta peur des étrangers.

— Oui, mais celui-là, il fait vraiment peur quand même. Vous savez ce qu'on a retrouvé dans son sac à dos ? 12 molaires. Elles appartiennent à 12 personnes différentes. Elles ont été arrachées. Le labo a bossé toute la nuit, et il y en a déjà 4 qui sont reliées à des crimes non élucidés, chaque fois dans des villes différentes… Alors le sans-pap, je suis désolé, mais il valait mieux pas le croiser. Et votre voisin, c'est un miraculé.

— Merde… Il a reconnu les faits ?

— Non, il dit que c'est pas lui… Mais avec son accent, on comprend pas bien ce qu'il raconte, et en plus c'est un toxico, il a le cerveau complètement ravagé. Mais dans le squat où on l'a cueilli, on a trouvé le couteau qui a traversé le jeune homme à côté de vous, avec le sang de la victime, et les empreintes du coupable. Le couteau servait aussi pour enlever les dents. Le squat était rue de la Boucherie, ça s'invente pas…

— Foutu squat. Sois gentil, si tu repasses, amène-moi une copie du rapport, que je jette un œil.

— Comme vous voulez. Bon, je file. Monsieur Kotz, je repasserai vous voir demain, si jamais des éléments vous reviennent… Et je vous montrerai une photo de votre agresseur, pour une identification, c'est obligatoire. Bonne journée…

Kevin ne répond pas. Il appuie sur la commande de sa pompe à morphine pour s'injecter la dose maximale autorisée, et sombre dans une léthargie comateuse.

## 4/ Le voisin

Kevin n'arrive pas vraiment à s'endormir. Des rêves inhabituels le hantent. Il revoit la gare de Limoges, qui lui paraît maintenant menaçante. Il contemple une prostituée, accoudée lascivement à la grille du grand parc. Ses grosses cuisses tendent à l'extrême des bas résille prêts à rompre. Sa poitrine veineuse déborde d'un soutien-gorge en dentelle noire sous-dimensionné. Kevin aurait mieux fait de la suivre chez elle pour l'égorger. Elle le regarde maintenant d'un air moqueur : elle a les mêmes lunettes rondes et ridicules que le docteur Darthou. Elle enlève sa perruque : son crâne est aussi chauve que celui du médecin. Dans sa main grasse, elle exhibe une petite masse informe et ensanglantée. C'est un rein. Elle rit, et ouvre lentement une bouche lourdement maquillée de rouge. Kevin se sent happé à l'intérieur, derrière des dents jaunâtres, dans son cou, dans ses entrailles puantes. Il secoue la tête, et ouvre les yeux.

Le commissaire Gorce a déplacé une chaise juste à côté de son lit. Il est assis, et le dévisage. Kevin se sent gêné : le vieil homme observe chacun de ses traits, chacune de ses expressions, avec une précision scientifique. Ses cheveux gris scintillent dans la lumière. Il a le visage marqué, mais il a sans doute été beau : même dans son pyjama rayé, il dégage encore une curieuse élégance. Kevin l'imagine avec une loupe, examinant chaque pore de sa peau. Mais maintenant que son sujet d'étude est réveillé, le policier à la retraite change d'expression. Son regard, qui paraissait presque mécanique, s'humanise peu à peu. Ses yeux bruns se remplissent de mélancolie, mais aussi d'une étrange tension. Kevin à l'impression que cet homme est rongé par un combat intérieur, silencieux, mais violent.

Il parle finalement :

— Alors tu t'appelles Kevin Kotz.

— Oui, c'est ça…

— Et tu as 32 ans.

— Oui…

— Presque l'âge du foutu Christ.

— Ah bon ?

— Tu lui ressembles.

— À qui ?

— À ta mère.

Kevin est encore sous l'emprise de la morphine. Désarçonné par ce dialogue, il tente de consolider ce que ses sens lui ont transmis.

— Vous avez dit quoi ?

— Je dis que tu ressembles à ta mère. Elle s'appelle Roxana. Roxana Kotz. C'est ça ?

— Oui… Comment vous le savez ? J'ai parlé d'elle en dormant ?

— Tu lui ressembles, je te dis. Elle va comment ?

— Elle est morte.

— Merde.

Depuis un an qu'il mène une vie de nomade, Kevin n'a jamais parlé à personne de sa mère. Il a pourtant découvert son corps, pendu dans le salon. Ses yeux étaient blancs, sa bouche ouverte, sa langue pendante. Comme on caricature un cadavre. Kevin ne l'a même pas décrochée. Il a pris les économies qu'elle cachait dans une boite à sucre, et il est parti. Sans se retourner.

Son cœur bat plus vite, comme si le fait de formuler à voix haute ce décès tragique rendait la situation d'un seul coup plus réelle.

— Elle s'est pendue.

— La pauvre. Je suis désolé.

— Vous la connaissiez comment?

— Je l'ai rencontrée ici, à Limoges. Tu sais ce qu'elle faisait comme métier?

— À Meudon, elle était serveuse dans un restaurant. Et puis elle a dû arrêter… elle était trop fatiguée.

— À Limoges, c'était à peu près ça. Mais dans un endroit pas très recommandable, où les serveuses font des heures sup.

Kevin voudrait en savoir plus sur sa mère, mais le ton fermé du vieux voisin de chambre n'incite pas à poser des questions. Des souvenirs morbides s'invitent dans son esprit, amplifiés par les psychotropes qui traversent son organisme. Le bruit sourd de la chaise tombée sous le corps, qui l'a fait sortir de sa chambre et descendre l'escalier. La cigarette encore en combustion, déposée sur un cendrier de verre, au sol. Ses volutes semblaient transporter l'âme de la défunte vers un autre univers. Kevin fait un effort de concentration, car inconsciemment, des connexions s'établissent dans son cerveau. Des liens qui l'inquiètent.

— Vous la connaissiez très bien ?

— On peut dire ça.

— On peut dire quoi ?

Le commissaire hésite un instant, et parle, sans plus s'arrêter :

— On peut dire qu'on était proches. J'espère qu'on l'était. Parce que c'était une fille extraordinaire. Unique. Elle avait un accent de l'Est, mais elle ne voulait pas révéler ses origines. Je disais qu'elle était polonaise, ça l'amusait, et elle changeait de sujet. Elle était drôle, son rire me détendait plus vite que tous les bourbons du monde. Elle avait des yeux bleus, clairs comme de la porcelaine. Exactement comme les tiens. Quand elle entrait quelque part, tout le monde s'arrêtait pour l'admirer. Elle avait un corps divin, et elle savait le mettre en valeur. Dans le bar où elle travaillait, même les jours de grosse affluence, on ne voyait qu'elle. Il y avait son sourire, ses cheveux blonds... C'était un aimant. J'étais aimanté. J'y repense tous les jours. C'est gravé ici.

Il pose sa main droite sur son cœur. Kevin interroge timidement :

— Vous avez baisé ?

— Oui.

— Je n'ai jamais connu mon père.

L'échange est suivi d'un long silence, comme un recueillement. La conversation devait aboutir ici, quel que soit son cheminement. Pourtant, Kevin n'a pas préparé de question plus précise. Et le commissaire Gorce n'a pas prévu de réponse.

Kevin se lance, maladroitement :

— Alors, c'est vous, mon père ?

— Je ne sais pas.

— On doit savoir ce genre de choses.

— Ta mère ne m'a rien dit. Et il y avait beaucoup d'autres hommes.

— Mais vous pensez que c'est vous.

— Je sais pas. Mais si c'est moi, je pense qu'elle aurait eu de bonnes raisons pour me le cacher. Elle était intelligente, et elle savait que j'aurais voulu absolument élever son bébé, avec elle. Mais elle savait aussi qu'on m'en aurait empêché. Si les gens avaient su pour notre relation, j'aurais fini en taule. Je serais tombé pour proxénétisme. Elle m'a rien dit parce qu'elle voulait me protéger.

Kevin perçoit la moiteur de larmes tièdes qui coulent sur ses joues. Nu sous les draps d'un lit d'hôpital, il se sent vulnérable comme un jeune enfant. Il entend les réponses à des questions qu'il n'a jamais eu le courage de se poser. Il renifle, et demande timidement :

— Alors… Si vous aviez su, vous auriez voulu me garder, et vous occuper de nous, comme une famille ?

Le vieil homme maîtrise mieux ses émotions, mais il répond d'une voix chevrotante :

— Te voir grandir, ça aurait été ma plus grande joie. Ta mère serait peut-être encore là. Et toi, tu ne serais pas devenu un tueur.

5/ Le père

Kevin a un mouvement de recul instinctif. Le policier à la retraite est toujours assis sur sa chaise, immobile.

Le jeune malade regarde autour de lui, tourne la tête dans des mouvements frénétiques. Il n'y a pas d'arme, pas de scalpel, pas de seringue. Seulement le tube qui relie son bras à sa perfusion. Est-t-il assez solide pour étrangler un homme ? Il se retourne vers le policier qui lui fait face. L'homme parle, triste et impassible.

— Tu veux me tuer ? De toute façon, le chirurgien vient de m'enlever la prostate. Il paraît qu'elle était en sale état, à cause d'un cancer. Tu connais la conséquence ? Maintenant, je pourrai plus jamais bander, et je vais même probablement me pisser dessus. Je vais devoir porter des couches. Tu te rends compte ? Des couches, comme un nourrisson. C'était pas ce que j'avais prévu pour ma retraite. Alors, ça ou la mort…

Kevin n'a jamais vu une de ses victimes garder son calme au moment de mourir. Certaines se sont effectivement pissé dessus, malgré une prostate sans doute parfaitement opérationnelle. Il ne sait pas comment réagir.

— Taisez-vous, je réfléchis.

— Tu veux m'étrangler avec un tuyau en plastique ? Franchement, ça prendra des heures. À ta place, je regarderais plutôt du côté de mon lit, sur la table de chevet. Je crois que j'ai laissé traîner une fourchette un peu pointue.

— Comment vous avez su pour les meurtres ?

— Ce que je lis dans ton regard, je l'ai vu dans beaucoup d'autres. Tu sais, j'ai été flic pendant quarante ans. Dans tes yeux, il y a un mélange de détermination et de folie. Je ne pourrais pas le décrire, mais, pour moi, c'est aussi clair que ton nez au milieu de ta figure.

— C'est vous qui le dites… mais ça me ferait pas condamner par un tribunal, hein ?

— C'est vrai. Mais l'histoire d'un sans-papier meurtrier, c'est pas du tout crédible. Il faut être couillon comme Mauduis pour croire ça. Le mec a sillonné l'Afrique pour fuir son pays, et il a sans doute traversé la

Méditerranée sur un canot pneumatique. Il est arrivé en France pétri d'espoir… Ce genre de gars ne cherche qu'à s'intégrer, ou à se faire oublier.

— Mais c'est un toxico…

— Découper les dents des victimes, c'est pas un truc de toxico. Excuse-moi, mais c'est plutôt un truc de pervers. Alors, je pense que tu as voulu le poignarder, et que tu ne t'attendais pas à ce qu'il réagisse. Mais les sans-papiers, ce sont des gens qui savent affronter les épreuves. Ce sont des survivants.

Un flot d'émotion envahit brusquement le jeune homme. Il est saisi de spasmes incontrôlables. Comme s'il était submergé par une détresse jusqu'ici invisible, il se noie dans ses larmes. Il doit déposer les armes, il est vaincu. Le commissaire s'approche, et l'enlace. Lui aussi a le visage humide. Lui aussi est bouleversé. Tiraillé entre ses sentiments et son devoir. Il n'a jamais eu d'enfant. Son métier lui a permis d'observer les aspects les plus sombres de l'humain, les psychoses les plus improbables, les passions les plus funestes ; aujourd'hui, il découvre au plus profond de lui-même une faille odieuse et inédite.

Kevin est très mince, il a les cheveux clairs, les yeux bleus comme ceux d'un chat siamois. Le commissaire a un corps massif, les traits épais, des yeux plus foncés que le tronc d'un chêne. Mais tous deux souffrent d'un manque, depuis longtemps. Ils se retrouvent dans leur quête. Celle d'un fils, et celle d'un père. Kevin glisse son visage sur une épaule usée, mais réconfortante. Doucement, les pleurs disparaissent dans une plénitude cruelle mais apaisante.

Le commissaire Gorce murmure :

— On ne va pas avoir beaucoup de temps pour faire connaissance.

Kevin se redresse.

— Pourquoi ?

— Mauduis est débile, mais d'autres liront le dossier, et comprendront que ton sans-pap voulait juste se défendre. Et même si tu as fait gaffe, tu as forcément laissé des traces sur tes autres crimes. Ils retrouveront ton ADN, pas le sien. Si ça se trouve, au moment où on parle, le rapprochement est déjà fait. Kevin, je suis désolé, mais tu vas aller en prison.

— Je veux pas aller en prison. J'en crèverai. Pas question.

L'ancien policier grimace, comme s'il subissait une méthode très élaborée de torture. Il perd son discernement, il perd sa foi.

— Alors pars. Pars loin. De toute façon, je ne vais pas pouvoir t'arrêter avec une fourchette.

Kevin se lève. Le pansement qu'il porte sur le côté est immaculé, mais il ressent une douleur lancinante impossible à identifier: la souffrance physique se mêle à une tristesse insondable. Il essaie de ne pas y prêter attention, et attrape les habits du commissaire, pliés sur une petite table. Il enfile un pantalon bleu et une chemise blanche. La taille est juste un peu trop large. Il enfile des chaussettes et des chaussures de cuir, presque à sa pointure. Désemparé, le commissaire n'a pas bougé de sa chaise. Il va déjà perdre l'enfant qui aurait dû être la personne la plus importante de sa vie. Un garçon imparfait, mais un fils. Il soupire longuement et rassemble ses dernières forces pour ne pas s'effondrer, terrassé par la sensation d'être une deuxième fois dépouillé de sa vie.

— Kevin, tu dois arrêter de tuer. Ne recommence jamais, ne fais plus de mal. Maîtrise ta colère. Si tu doutes, si tu as peur, pense que tu n'es plus seul. Tous les avenirs sont encore possibles. Disparais, mais avant, frappe-moi. Ça m'aidera à justifier ta fugue.

Kevin voudrait embrasser son père. Le prendre dans ses bras, une dernière fois. Poser encore la tête sur son épaule, et rester blotti, longtemps. Lui rendre des décennies d'amour. Il serre le poing, et d'un coup, fait éclater sa pommette.

## Épilogue

Kevin n'a pas eu de mal à le retrouver : son adresse était dans l'annuaire. À croire qu'à Limoges, personne ne pense qu'un danger peut exister. Il l'a suivi pendant deux jours, il a dormi dans des buissons, au fond de son immense jardin. De toute façon, les squats et les parcs de Limoges doivent être surveillés de près par des policiers aux abois. Jean-Luc Darthou vit avec sa femme, sans enfant, à une demi-heure de marche de Limoges en remontant la Vienne. Sa maison moderne, toute de bois et de verre, a été construite près d'un terrain de golf qui donne sa valeur à un quartier visiblement huppé. Le matin, le médecin sort pour courir avant de prendre son petit-déjeuner. Il grimpe ensuite dans son coupé Audi et part travailler. Sa femme l'attend toute la journée, recevant quelques visites qui devraient inquiéter un mari. Bientôt, elle sera encore plus libre.

Il tient dans ses mains une lourde branche d'arbre. Caché derrière un sapin, au bord d'un chemin forestier situé à plusieurs centaines de mètres des habitations les plus proches, il attend le joggeur. Juste à la sortie d'un virage. Le médecin ne verra pas le coup venir. Si le choc sur sa tête ne le tue pas, Kevin dispose de deux grosses pierres pour terminer le travail. Elles serviront de toute façon pour faire exploser la mâchoire et récupérer une dent. Des bruits de pas rythmés apparaissent au loin, de plus en plus sonores : Jean-Luc Darthou arrive en trottinant. Il a volé un rein. Il a mutilé un père. Il a drogué une mère. À mort.

Il approche. Kevin l'observe entre les branches, lève les bras pour armer son coup, et abat violemment son gourdin. Il rate de peu la tête, mais frappe le dos. Le médecin tombe en avant, et Kevin sent une morsure dans son ventre, comme si sa cicatrice venait de se déchirer. Il prend à peine une seconde pour se ressaisir, mais sa victime a le temps de rouler sur le côté et de se redresser, une lourde pierre dans la main. Kevin a gardé son bâton, il frappe encore, les yeux injectés de sang, les lèvres tremblantes de fureur. Le médecin pare le coup : son physique n'est pas imposant, mais il est souple et dynamique. Il a choisi de lutter. Il a perdu ses lunettes, il regarde Kevin sans filtre, et sans peur. Il a reconnu l'agresseur, et il a compris l'enjeu. Alors il ne tente pas de le frapper au visage : il porte un solide coup de pied en bas des côtes, droit dans la plaie. Kevin se plie en deux, grognant, bestial et impuissant. Une main sur sa blessure, il relève la tête pour tenter d'éviter un nouveau coup. Il voit la pierre dans la main du docteur. Il voit ses yeux confiants. Il voit son crâne chauve et luisant, qui explose, et sa cervelle, qui s'étale en petits morceaux violacés sur la végétation. La détonation a fait vibrer les arbres, des volées d'oiseaux décollent. Le commissaire Gorce approche, une carabine fumante à la main.

— Putain ! tu te laisses toujours surprendre ! Tu as encore beaucoup à apprendre, fils.

Essoufflé, Kevin s'assoit contre un tronc d'arbre en se tenant le flanc.

— Qu'est-ce que vous faites ici ?

— Un tueur, ça ne s'arrête jamais. Quand il a pris une vie, quand il a goûté à cette sensation de toute-puissance et de domination, il recommence, comme s'il voulait vérifier à chaque fois que la saveur est toujours la même. Je te connais déjà, je t'ai suivi.

Les deux hommes se regardent, intensément. Ils savent qu'une grande décision doit maintenant être prise. Le commissaire Gorce parle le premier, dans un soupir, fatigué mais serein.

— Allez, on se dépêche de partir d'ici. Ma foutue retraite va être moins ennuyeuse que je ne pensais.

# Au Poteau !
# Limoges, Juin 2000

### Jean-Louis Boudrie

Dès l'instant où il avait été admis à la retraite, le commissaire Gorce s'était trouvé plongé dans un autre univers qui lui rappelait ce voyage en safari où le pisteur noir expliquait à son chasseur blanc toujours pressé: « Toi, tu as la montre. Moi, j'ai le temps ». La première semaine dans son douillet appartement du Champ de Juillet s'était écoulée sans un coup de vent, entre ses mots croisés, les premiers tours de Roland-Garros, la contemplation de ses cannes à pêche, et les petits plats de sa gouvernante bien-aimée, la belle Sylvia, qu'il avait tirée du ruisseau et qui lui rendait au centuple tout le bien qu'il lui avait fait. Bref, c'était l'enfer.

En face, au bout de la rue, une maison autrefois bourgeoise, aujourd'hui bien décatie, avait, jusqu'à présent, résisté à la voracité immobilière. À demi cachée par un cèdre centenaire, on l'apercevait en recul au fond d'un parc clos d'un haut mur infranchissable et d'un portail de fer ouvragé. Elle était habitée par une femme à cheveux blancs que Gorce voyait déambuler dans les allées du parc, seule avec sa coxarthrose ou tendrement appuyée sur le bras d'un jeune homme d'une trentaine d'années qui pouvait être son fils… ou son petit-fils. Elle ne sortait, pour ainsi dire, jamais. Parfois, les soirs d'été, une brise tiède apportait à Gorce les échos d'une symphonie de Schubert. Bref, c'était le paradis.

Mais l'enfer n'est jamais vraiment l'enfer et le paradis n'est jamais vraiment le paradis ; sinon la vie serait bien triste et il n'y aurait plus de roman policier possible.

On était en deuxième semaine. Et de retraite et de Roland-Garros. Gorce essayait de s'intéresser au quart de finale dames qui opposait Mary Pierce à Monica Seles. Il se laissait charmer par le spectacle rafraîchissant de ces jupettes bondissantes et par les rugissements de la Yougoslave au bord de l'orgasme à chaque coup de raquette. Par la fenêtre ouverte, arrivaient, en contrepoint, quelques bribes d'une musique barbare venues de la maison d'en face. C'était Wagner. Puis des éclats de voix qui lui semblaient chevaucher des Walkyries. Quelle symphonie ! Le ton monta crescendo chez les voisins et sur le court avec un incroyable lob gagnant entre les jambes, jusqu'à la balle de match. Mary Pierce avait gagné 4/6 6/3 6/4. En face aussi, on s'était tu. Gorce profita de ce silence après l'effort pour s'accorder un petit quart d'heure de sieste réparatrice. Lorsqu'il refit surface, le soleil allongeait les ombres vers le dôme de la gare. Il avait dormi deux heures. Il se versa un fond de Chablis pour secouer ses neurones engourdis et s'approcha de la fenêtre. Les vieux réflexes étaient toujours là. Il ne pouvait s'empêcher de noter dans un coin de sa tête les allées et venues du quartier. Il vit le portail s'ouvrir et un jeune homme ou plutôt un homme jeune sortir en courant, revenir sur ses pas pour ramasser précipitamment des papiers qui s'étaient échappés d'une petite mallette, et disparaître au coin de la rue d'un pas mal assuré. Bizarre… Bizarre… pensa le commissaire. Un coup d'oeil circulaire ne montra aucune anomalie, le quartier était aussi calme que peut l'être un trottoir du Champ de Juillet en cette fin d'après-midi du mardi 6 juin de l'an 2000. Les jumelles ne quittaient pas le bord de la fenêtre. Il en balaya les trottoirs, s'arrêta un instant sur les dames qui travaillaient là. Connaissaient-elles, se dit-il, le coup de la raquette entre les jambes ? Il revint à la maison d'en face. Côté jardin, RAS. Côté cour, il aperçut, par une fenêtre du rez-de-chaussée, un lustre d'un genre particulier. Il affina la mise au point. Non, il ne rêvait pas, une paire de jambes se balançaient au bout d'une corde.

***

Une heure plus tard, tous les services compétents étaient sur place. Police, Samu, Pompiers et, bien sûr, les Voisins. Il avait bien fallu ce temps de réflexion pour que le commissaire Gorce eût le loisir d'explorer discrètement les lieux, de s'assurer que le lustre était bien accroché sans espoir de retour et de récupérer dans le caniveau un feuillet échappé de la mallette, avant de téléphoner à ses ex-collègues. C'était l'inspecteur Renardeau qui était en charge des constatations, un jeune inspecteur qu'il ne connaissait pas. Et qui ne rigolait pas.

— C'est vous qui avez découvert le corps ? Vous n'avez touché à rien ? Vous êtes qui ? Nom, prénom, adresse et qualité.

— Commissaire Gorce. Je suis de la maison. Enfin, j'étais…

— Ah ! excusez-moi, monsieur le commissaire, dit-il en rectifiant la position. Inspecteur Renardeau. Mais… monsieur le commissaire, je vous croyais à la retraite !

— Si fait, cher collègue, mais « Flicos » *in aeternum*…

— Et… heu… puis-je vous demander ce que vous faisiez là ? C'est pour mon rapport, voyez-vous…

— J'habite en face, j'ai vu de la lumière, je suis entré, dit Gorce en levant les yeux vers le lustre à deux pattes.

— Et, puisqu'il y avait de la lumière, vous n'avez rien vu de particulier ? Rien ni personne ?

— Non, je vous le dirais, bien sûr, confirma Gorce, gardant pour lui le jeune homme affolé, la mallette entr'ouverte et le feuillet plié bien au chaud au fond de sa poche.

— D'ailleurs, poursuivit Renardeau, il n'y avait rien à voir puisqu'il s'agit, à l'évidence, d'un suicide par pendaison. Vous avez vu la trace de la corde en sillon incomplet autour du cou, le tabouret renversé sous ses pieds, tout est en ordre dans la maison. Les tiroirs, les bijoux, les carnets de chèque, les cartes bancaires, le porte-monnaie n'ont pas été touchés. Sans doute un drame de la solitude.

Par l'odeur alléchée, une voisine s'était approchée. Fernande, la soixantaine frisottée.

— La solitude ? Mais non, Mme Kotz n'était pas seule. Elle a son fils, Kevin. Kevin Kotz. Il était, au contraire, très près de sa mère. Mais il n'est pas très causant, c'est un taiseux. Bonjour, bonsoir, rarement plus. Pourtant, c'est un beau garçon, le Kevin, grand, blond, costaud, zieux bleus. J'en ferais bien mes dimanches, mais bon, j'ai bien essayé de lui faire des sourires, mais ça accroche pas. J'suis pas son genre. Ça se commande pas, c'est comme la pendaison ; du moins, c'est ce que dit la chanson. Je l'ai croisé hier matin, le blondinet. Il devait partir hier pour quelques jours, qu'il m'a dit. Mais il n'a pas dit où. Il ne reviendra qu'à la fin de la semaine, je crois. Ah ! là ! là ! Quel malheur ! J'en reviens pas…

***

Depuis une certaine année 1944, les 6 juin avaient, chez les Kotz, un goût de sucré-salé, de père allemand et de mère française et, sans se le dire, on préférait faire comme s'il ne s'était rien passé ce jour-là. Kevin avait servi lui-même le petit-déjeuner de sa mère et ils avaient devisé de choses et d'autres. Puis il avait regagné son premier étage et ses chers ordis, pendant que Maman chantonnait en préparant la Tatin à l'abricot, sa tarte préférée. Sa profession d'informaticien pointu lui permettait de gérer son temps et de travailler à domicile, alors que les gens du quartier pensaient qu'il était, à 32 ans, une sorte de boulet à la charge de la société. Après le café, ils avaient fait quelques pas dans le jardin. Cette promenade rituelle était toujours, pour l'un et l'autre, un délicieux moment de bonheur. Sans doute, Kevin avait-il été un enfant surprotégé par une mère restée seule après la disparition du père alors qu'il avait trois ans. Mais il le lui rendait bien. On avait rarement vu une relation fusionnelle d'une telle qualité.

Comme il avait un peu de temps libre, Kevin décida de tenter l'impossible : mettre de l'ordre dans la chambre du haut. Les Kevin, ça aime l'ordre, dit-on. Surtout les Kevin Kotz. En bas, Mme Kotz, allongée sur la méridienne, écoutait le Tannhaüser de Wagner. Il commença par le tiroir d'une vieille commode qui rechigna un long moment, mais finit par céder. Il en extirpa une mallette poussiéreuse entourée d'une ficelle. La curiosité le poussa, bien sûr, à regarder ce qu'il y avait dedans. Un trésor ? Rien que de vieilles coupures de journaux… Et le ciel lui tomba sur la tête.

Les journaux dataient d'un demi-siècle, mais restaient parfaitement lisibles. Une photo à la une, toujours la même : une femme tondue à la Libération. Un vertige, un tremblement paralysèrent le pauvre garçon. Il ne pouvait quitter des yeux cette jeune femme aux yeux perdus, à genoux et dévêtue, alors qu'un bourreau lui maintenait la tête pendant qu'un autre lui rasait les cheveux : c'était sa Mère.

Combien de temps resta-t-il ainsi hébété ? Il put enfin se reprendre en redescendant dans le salon. Dès qu'elle l'avait vu débarquer, livide, tremblant en lui tendant le journal, elle avait compris. Elle aussi tremblait.

— Tu… Tu peux… m'expliquer ? dit-il d'une voix blanche.

Et puis le ton était monté, le pourquoi, la honte, la rage, les cris, la Walkyrie, la haine, l'amour aussi. Finalement, elle avait blotti son visage dans un coussin et Kevin, anéanti, était remonté s'enfermer dans sa chambre.

— J'aurai des explications.

Il était déjà un autre homme lorsqu'il s'assit à son bureau, les yeux fixés sur la terrible photo. Dans une parenthèse de lucidité, il se jeta fébrilement sur son ordi pour en extraire, un quart d'heure plus tard, une liste d'articles traitant de cet évènement.

Un éclair traversa son esprit dévasté : *L'Été meurtrier*, roman de Sébastien Japrisot, film de Jean Becker. Il serrait les poings quand il entendit un bruit bizarre venu d'en bas, comme une chaise renversée. Pensant que sa mère s'était peut-être évanouie, il se précipita. Trop tard… On connaît la suite. Trop de souvenirs étaient remontés. Elle qui, dans sa chienne de vie, avait tout encaissé sans ciller, n'avait pas pu supporter le regard de son fils.

Trop, c'est trop. Direct du gauche à l'estomac suivi d'un uppercut du droit. KO debout. Ces deux chocs psychologiques à quelques minutes d'intervalle avaient plongé Kevin dans un de ces états de stupeur avancée dont on ne peut sortir que par la fuite ou le combat. Ce seraient les deux. Impossible d'affronter plus longtemps l'horrible spectacle. Il recula en titubant pour s'asseoir un moment dans la chambre de sa mère, tout imprégnée de la douceur et des parfums de son enfance. Puis il rassembla mécaniquement quelques souvenirs qui pourraient l'aider à tenir le choc : une photo de sa mère avec le sourire et tous ses cheveux, un Luger Po8 et un poignard de botte, vieilles reliques de la Wehrmacht paternelle. Il n'avait jamais vu cette boîte métallique de galettes bretonnes, calée dans le tiroir de la table de nuit. Il l'ouvrit avec précaution en se méfiant des surprises que pouvaient réserver les tiroirs de cette maison. Et en effet, c'était une surprise ! Bourrée de billets de banque… Une lettre les accompagnait, qu'il n'était pas en état de déchiffrer. Il fourra le tout dans un sac qu'il jeta sur son épaule, empoigna la mallette et quitta les lieux sans penser à refermer le portail derrière lui, comme il le faisait toujours scrupuleusement. En gagnant sa voiture garée sous les arbres du Cours Bugeaud, il bouscula rugueusement la brune Nikita, charmeuse et court vêtue, qui attendait le client. Perdu dans ses pensées, il ne l'avait pas vue.

— Eh bien, mon grand, ça va pas ? Mais, c'est Kevin ! Qu'est-ce qu'il t'arrive ? T'es bien pressé, ce soir ?

Vautré dans sa grosse BM noire avec ses chaussures blanches et sa cravate à pois, son protecteur avait observé la scène. Il ouvrit brusquement la portière.

— Dis donc, toi ! Tu peux pas t'excuser, sale bâtard !

— Qu'est ce que t'as dit ? Répète un peu !

— J'ai dit : Excuse-toi, sale bâtard ! T'as compris ?

C'est lui qui ne comprit pas comment, sans un mot de plus, la lame du poignard de botte venait de lui traverser le cœur.

La Nikita, elle, avait vite compris que le coin allait devenir malsain et que, le mac étant durablement refroidi, c'était là une occasion inespérée de se refaire une santé.

— Où tu vas, maintenant? dit-elle.

— Je… Je sais pas…

— Ça tombe bien, j'y vais aussi. Je pars avec toi.

Ils partirent vers le Nord car le vent soufflait du Sud, et le vent du Sud, c'est le vent d'autan, le vent qui rend fou, et qui allait le prouver une fois de plus. Ils arrivaient près du cimetière de Louyat, au Carrefour des Arcades, quand le feu passa au rouge. Lorsqu'il repassa au vert, Kevin ne démarra pas immédiatement, respectant les 8 secondes que met tout Limougeaud avant de s'apercevoir que «Ah! C'est vert!». Derrière, un nervi s'agitait dans un gros 4x4 immatriculé en Bouches-du-Rhône, manifestant son irritation par trois vigoureux coups de klaxon. Au feu suivant, le conducteur s'arrêta sur la file d'à côté en baissant sa glace, avé l'assent:

— Ho! Fan de pute, tu fais la sieste?

Ce n'était pas méchant, simple galéjade de Canebière, mais il n'aurait pas dû. Le Luger Po8 aboya trois fois.

Le pauvre Kevin se demandait comment, en quelques minutes, il avait perdu une mère adorée, mais quelque peu collabo, tué un homme à l'arme blanche, un autre au pistolet, gagné une nouvelle copine et trouvé un trésor dans une boîte de galettes bretonnes. Quelle journée !

C'est Renardeau qui fut chargé de l'enquête. Quarante-huit heures plus tard, les journaux pouvaient titrer que Limoges était redevenue Chicago. Un règlement de compte à l'arme blanche au Champ de Juillet dans le milieu de la prostitution. Un gros bonnet de la drogue tué par balles dans les quartiers Nord. L'inspecteur voyait dans ces évènements une libération des instincts les plus bas après le départ à la retraite du Commissaire Gorce à qui il rendait un vibrant hommage.

***

Le retraité n'avait pas perdu son temps. À peine rentré, il s'était installé à la table de la salle à manger pour changer de lunettes et déplier le feuillet tombé de la mallette. C'était donc une coupure de journal d'août 1944 avec, à la une, la fameuse photo qui avait dévasté Kevin Kotz. Gorce connaissait cette photo, la tondue et les tondeurs. Il l'avait déjà vue dans son travail de recherche sur la guerre de 40 et ses suites. Par nécessité professionnelle et par curiosité personnelle, il savait tout de cette période, le dit et le non-dit. Il appela son ex-subordonné, l'inspecteur Le Boff.

— Dis-moi, Le Boff, j'ai besoin des fiches de Marie Moreau, elle avait 18-20 ans quand elle a été tondue en août 44. Ainsi que de Roger Tête-de-veau et de Jo le Merlan. Tu peux me trouver ça ?

— Bof…

— J'attendais cette réponse, merci.

— Mais…

— Demain 18 heures à *L'Échanson*, comme au bon vieux temps .

— J'aimerais rester plus discret. *Le Bar de la Marine*, en bord de Vienne, ça vous va ?

— Comme tu voudras.

Il se rendit compte, en raccrochant, qu'il l'avait tutoyé, comme le commissaire Maigret tutoyait l'inspecteur Janvier, et que c'était la première fois. Ah ! La retraite… on perd vite ses repères !… Ou alors, il lisait trop de polars.

La télé remontrait en boucle le lob gagnant de Mary Pierce entre les jambes. Il s'approcha de la fenêtre et de son poste de vigie. Les trottoirs étaient déserts. « Bizarre… bizarre… », se dit-il. Cette bizarrerie le ramena à Kevin. Que devenait-il ?

***

— Tourne à droite ! Gare-toi là. J'en ai pour deux minutes.

Kevin avait à peine garé sa vieille Twingo sur le parking de Leclerc que Nikita avait déjà disparu. Il l'attendit deux heures. Le temps de partir en brune pour revenir en blonde, d'acheter un petit béret beige, un foulard de soie, un pull en V et une jupe au-dessous des genoux ; et de chourer un cabriolet Spider Alfa Romeo rouge qui avait oublié sa clef sur le tableau de bord. Il ne la reconnut pas lorsqu'elle se gara à côté de la Twingo et ouvrit la portière.

— En voiture, Clyde Barrow ! My name is Bonnie Parker et c'est moi qui conduis. On n'allait pas rouler dans ta caisse pourrie.

Ils roulèrent jusqu'au bout du monde, poussés par une force inconnue, incapables de penser à autre chose qu'à l'instant présent : ils avaient refait le plein d'essence et d'adrénaline, et la boîte de galettes était en sûreté dans le coffre exigu du spider : ils étaient en cavale ! Ils ne s'arrêtèrent que quand ils ne purent pas aller plus loin. C'était au bout du bout d'une sombre falaise bretonne déchiquetée par la mer et le vent, un restaurant cinq étoiles et la soirée la plus glamour de leur existence. Le homard était bleu de Côte d'Armor, le vin jaune du Jura, le restaurant avait des chambres et Nikita avait bien du talent. Ils ne s'endormirent qu'à 5 heures du matin.

C'est au réveil que Kevin put enfin remettre en place les pièces désordonnées de son souvenir qui, petit à petit, sortaient du brouillard dans une étrange sensation de vide : sa mère… la photo… En revanche, il ne gardait aucun souvenir du mac du Champ de Juillet, ni du nervi marseillais. Et Nikita lui apparaissait comme un don du ciel venu d'une autre planète. Restait le cas de la boîte de galettes bourrée de billets de banque. Ils reniflèrent à petits coups impatients avant d'ouvrir. L'odeur du métal ? Ou de la galette ? Ils comptèrent les billets à plusieurs reprises pour être sûrs de ne pas se tromper, comme Bonnie and Clyde comptaient les dollars après l'attaque de la banque.

— 100 billets de 100 francs, cela fait bien 10 000 francs. T'es d'accord ?

— Et ça ? Des médailles… avec des croix, une Croix de Lorraine… une Croix de fer.

— Attends, il y a une lettre.

C'était en majuscules d'imprimerie. L'auteur de la lettre réclamait un versement de 10 000 francs. En cas de retard ou de refus, il menaçait de faire des révélations : « JE RAPPELLE QUE VOTRE FILS CHÉRI SERAIT SÛREMENT CONTENT DE SAVOIR CE QU'IL VOUS EST ARRIVÉ EN AOÛT 44… POUR

LE RÈGLEMENT, C'EST COMME D'HABITUDE».

Mme Kotz était victime d'un chantage. La pauvre femme avait rassemblé dans cette boîte la somme demandée sans en parler à personne. Et depuis quand durait ce manège? Kevin, en d'autres temps, aurait été bouleversé. Mais désormais, rien ne pouvait le surprendre, et la mort de sa mère coupait court à la menace. Il était passé de la dévastation à la froide détermination: il voulait comprendre et il aurait des explications.

La chambre était équipée d'un matériel informatique hautement performant qui n'avait pas de secrets pour lui et lui permit de compléter quelques informations. Il lui fallait, pour retrouver le maître-chanteur, remonter le fil de l'histoire. Qui avait écrit l'article? Qui avait pris la photo? Pourquoi sa mère avait-elle été ainsi martyrisée? Qui étaient les tondeurs et qu'étaient-ils devenus? Pas facile... 56 ans avaient passé...

***

Le commissaire Gorce se posait les mêmes questions lorsqu'il poussa la porte enfumée du *Bar de la Marine*, au Port du Naveix. Le Boff était déjà sur place. Devant lui, à la table du fond, une pile de classeurs soigneusement étiquetés.

— Ah ! tu as pu retrouver les documents, bravo !

— Ça n'a pas été facile, ça touche le secret-défense. Mais le gars qui s'en occupe est de Kervezennec. Il a bien voulu parce que je m'appelle Erwan Le Boff et que je suis de Kerguémarec. Voilà le travail et c'est du lourd.

— Au propre ou au figuré ?

— Les deux, mon Commissaire.

— Alors, au travail ! Et vive la Bretagne ! Qu'on m'apporte ici le vin blanc, que le marin boit en passant… entonna Gorce d'une voix de corne de brume.

— Tout doux ! enchaîna la belle hôtesse. Et la salle en bordée d'attaquer les huit couplets du « Brave marin revient de gue-erre, tout doux ! ».

— Comme d'habitude, Bobof, un p'tit chouchen ?

— Bof… Laisse-nous la bouteille.

— Passons aux choses sérieuses, Le Boff. Je crois que je sais déjà tout cela, mais tu vas me rafraîchir la mémoire. Marie Moreau ?

— Marie Moreau était le nom de la femme tondue sur la photo. C'était le 23 Août 1944, deux jours après la libération de Limoges.

Elle était née le 18 juin 1925. Elle avait donc 18 ans en 1942, quand elle occupait un emploi de serveuse ou quelque chose comme ça dans la maison où elle est morte. Cette maison avait une histoire. Ses propriétaires avaient été expulsés par les Allemands et elle avait été réquisitionnée pour en faire une «maison de détente» à l'usage des officiers allemands qui y menaient joyeuse vie, assistés de wagons de bouteilles de champagne et de charmantes hôtesses qui n'étaient pas toutes d'Outre-Rhin.

— Et c'est ce qui lui a été reproché. La fameuse collaboration horizontale…

— Il suffisait de travailler pour les Allemands, sans forcément passer à l'acte, pour être suspect(e). Marie était en fait dans la Résistance. Elle était jeune étudiante en langues lorsque les services de renseignements de la Résistance l'avaient approchée et c'étaient eux qui lui avaient dégoté cet emploi…

— D'où elle pouvait écouter les conversations puisqu'elle était bilingue et observer les mouvements de la Gestapo qui se trouvait juste en face, au coin du Cours Gay-Lussac et de la rue de Tivoli.

— À la Libération, des «justiciers» lui ont sauté sur le poil. Ses vêtements ont été arrachés, elle a été promenée sous les crachats dans les rues de Limoges avant d'être barbouillée de croix gammées et tondue sur la place publique.

— Mais comment se fait-il que personne ne soit intervenu ? Quelqu'un pouvait bien faire quelque chose, la sortir de ce traquenard ?

— Négatif. Elle ne traitait qu'avec le BCRA de Londres et personne ici ne connaissait son nom ni même son existence. À part son contact qui ne pouvait pas prendre le risque de griller le réseau. Limoges était libérée, mais la guerre n'était pas finie. Et elle a subi tout ça sans rien dire en poursuivant jusqu'au bout sa mission d'agent secret. Il fallait le faire !

— Ou bien parce qu'elle était en état de sidération, comme dans les situations de viol où la victime est incapable de bouger le petit doigt, ce qui fait dire à certains que, finalement…

— Bof… Après cela, elle a quitté la région. Partie chez sa soeur, à Clermont-Ferrand.

— Nolwenn, s'il te plaît ! La même chose !

On attendit que les niveaux soient rétablis pour passer au deuxième acte : Marie Moreau / Günther Kotz.

— En 1967, poursuivit Le Boff, Marie Moreau épouse Günther Kotz.

— D'où il sort, celui-là ?

— C'est un capitaine de la Wehrmacht, Hauptmann Kotz. Elle l'avait entrevu dans la fameuse maison. Il venait d'arriver à Limoges où il n'a fait que passer : dès le premier soir, il envoyait son poing dans la gueule d'un SS qui tentait de la violer. Le lendemain, il était muté sur le front de l'Est. Ils ne s'étaient jamais revus, mais leurs regards s'étaient croisés. L'éclat de ce court instant l'accompagna tout le temps qu'il passa dans l'enfer de Stalingrad. Puis il fut prisonnier des Russes… Quand le soufflé fut retombé, pélerinant par le Limousin, il vint à passer par le Champ de Juillet. Ce n'était pas seulement le hasard. La maison – dont personne ne voulait – était à vendre. Il l'acheta, *schnell gut gemacht*. Une fois installé, il entreprit des recherches et finit par retrouver Marie Moreau qui devint Mme Kotz. En 1967, épouser un Allemand n'était plus une maladie grave.

— Curieux aussi qu'elle ait accepté de revenir dans cette maison.

— Grand amour ou syndrome de Stockholm ?

— Ou peut-être les deux ?

— Enfin, Acte III, arrive le petit Kevin. l'enfant du miracle ! Couvé dès le berceau et ça se comprend. Fils unique d'une mère qui l'a pondu sur le tard en 68 à 43 ans après les tribulations que l'on sait, alors qu'elle n'y croyait plus. L'embellie fut de courte durée car Günther Kotz était revenu de là-bas avec une Croix de fer, mais une petite santé. Il avait été blessé sur le Front de l'Est et le séjour chez les Russes ne l'avait pas arrangé. Il meurt trois ans plus tard. Kevin était grand, blond, costaud, yeux bleus, tout le portrait de son père. C'est donc elle qui l'a élevé. Seule.

— Qu'et-ce qu'il fait exactement dans la vie, ce Kevin ?

— Il sait tout faire. Licence d'Histoire, puis il devient informaticien. Une tête, paraît-il. Mais il travaille en solo. Il occupe, avec ses ordis, le premier étage. Sa mère est – pardon, « était » – au rez-de-chaussée. Ils étaient très liés.

— Une petite amie ?

— Pas connue, en tout cas. Il habite au Champ de Juillet et, quelquefois, il traverse la rue. Assez souvent, semble-t-il, depuis un mois.

— Ah ! Une favorite ?

— Elle s'appelle Nikita. Comme Khrouchtchev. Je ne savais pas que c'était un nom de fille.

— Tu ne vas jamais au cinéma ? Disons que, dans son très vieux métier, c'est un nom prédestiné. Tu vois ce que je veux dire ?

— Ouais… Bof… Elle était étudiante en Lettres à l'université de Sofia. Elle visait la Sorbonne, elle a eu le Champ de Juillet. Depuis le règlement de comptes au couteau, on ne l'a pas revue.

— Le contraire m'aurait surpris. Vous avez lancé un avis de recherche ?

— Oui, sans illusions. On ne la retrouvera pas. En ce qui concerne les tondeurs…

— Ne te casse pas la tête, Le Boff. Là, on n'est plus dans le secret-défense. Ces deux-là, je les connais. Ce sont des voyous de droit commun.

***

L'informatique est un instrument de torture des plus impitoyables pour les gens d'un certain âge. Même s'ils ont fait l'effort de s'y mettre, ils n'arriveront qu'à un piètre résultat et ne feront, au mieux, de l'informatique que comme ils parlent anglais… Mais pour ceux qui sont nés dedans et qui ont la maîtrise du sujet, alors là, quel pied ! Kevin Kost était de ceux-là. Il ne mit pas longtemps à retrouver la trace des tortionnaires.

Le premier, celui qui immobilisait la tête de sa mère en retroussant les manches, était connu dans le milieu sous le nom de Roger Tête-de-veau. Fiché au grand banditisme des années 30, il avait été homme de main de la Gestapo de Bordeaux, se voyant confier les plus basses besognes qu'il exécutait sans le moindre état d'âme. Quand le vent changea de camp, il prit aussitôt quelque distance, pour débarquer à Limoges où on ne le connaissait pas, croyait-il, et se convertir *in extremis* à la Résistance dans les jours qui précédèrent la libération de la ville. La coupe de cheveux fut sans doute le seul fait d'armes qu'il ait trouvé pour afficher à la face du monde ses nouvelles convictions. Mais on ne peut pas berner tout le monde, impunément : on le retrouva le 3 septembre, criblé de balles, dans un fossé du bois de La Bastide.

Le deuxième tenait les ciseaux. Pendant les années de guerre, cette petite ordure particulièrement vicelarde, glauque et gluante avait été de tous les trafics, sordides magouilles et coups tordus. Ni d'un bord ni de l'autre, il n'était qu'un triste voyou. Dès les premières heures de défoulement, il s'était fait « coiffeur pour dames » avec une délectation non dissimulée. On l'appelait Jo le Merlan. Il avait 25 ans en 1944. Marie Moreau en avait 20 ! Il aurait aujourd'hui 79 ans. Il coulait une vieillesse heureuse à la Maison de Retraite de Broutignac-Les-Bois.

En trois clics, notre informaticien avait sauté à pieds joints dans le site de ladite Maison. Elle se présentait, sous le nom de *l'Été Indien*, comme un établissement de tout premier ordre orienté vers « le confort par les énergies nouvelles », et destiné à une clientèle plutôt fortunée. Les photos parlaient d'elles-mêmes : panneaux solaires, piscine, jacuzzi, tennis, practice de golf, etc. Comment un minable comme Jo le Merlan pouvait-il s'offrir un tel luxe ? Une troisième fois, le ciel tomba sur la tête du malheureux Kevin : c'était donc sa pauvre mère, et sans doute quelque autres malheureuses, qui se cotisaient pour payer la douce retraite de cet ignoble maître-chanteur. Il se jura de la lui faire bouffer, sa tondeuse.

***

— Et qui vous dit que le Kevin, s'il a vu les photos, il va pas rechercher le Merlan, le loger et le buter ?

Ainsi parlait la belle Sylvia en préparant ses papillotes pour la truite au thym et au citron du commissaire Gorce. « Elle est comme sa recette, pensait-il en laissant flotter son regard : simple, belle, goûteuse et parfumée ». Elle était, en plus et tout à la fois, sa confidente et sa meilleure amie.

— Tu crois ? C'est un risque.

— Ce n'est pas un risque, c'est une certitude. Moi, à sa place, c'est ce que je ferais.

Il a vu les photos de la tondue. Les psys en ont écrit des tonnes, là-dessus. Plus, dans son cas, un peu d'Œdipe et même d'Œdipe inversé, voire contrarié.

— Tu m'étonneras toujours…

— Il n'est plus le même homme, il est capable de tout pour venger sa mère dont il était très proche.

— Tu as sans doute raison, mais on ne sait pas où il est, ce Kevin. Jo le Merlan, lui, on le sait. Le Bof m'a téléphoné. Il est à la Maison de Retraite de Broutignac-Les-Bois.

— Si ça se trouve, Kevin est déjà en route. Il faut arriver avant lui.

— Y'a pas l'feu au lac. Avant le merlan, on va quand même s'occuper de la truite.

— J'ai mis le chardonnay au frais, dit-elle.

— Tu penses à tout. Sur l'île déserte, c'est toi que j'emporterais !

Ainsi débuta la course au clocher de tous les dangers, car les dés étaient pipés d'avance. Qu'on se rappelle : Gorce ne connaissait pas Kevin qui ignorait l'existence de Gorce, lequel ne savait pas que Kevin était désormais un serial killer, lequel ignorait le passé de sa mère, agent secret du BCRA. Quant à Jo le Merlan, il ignorait tout de tout. Peut-être, s'il avait lu les journaux, savait-il que sa bienfaitrice était dans l'obligation de suspendre sa provende, mais il avait d'autres cordes à son arc. Et Nikita était toujours introuvable. Le seul objectif véritablement ciblé était *l'Été Indien* de Broutignac-Les-Bois.

Il y a parfois dans la vie des hasards déterminants. Ainsi, le fait que le commissaire Gorce soit pêcheur de truites n'a rien d'extraordinaire. Que le directeur de *l'Été Indien* le soit aussi n'est pas non plus une chose insolite. Qu'ils se croisent régulièrement sur le parcours de Haute-Vézère du plateau de Millevaches est déjà plus étonnant. Mais qu'ils se retrouvent à pêcher le merlan dans les eaux argentées de Broutignac-Les-Bois est une vraie surprise. Le directeur, M. Brochet, accueillit chaleureusement son collègue moucheur et tint à lui faire faire le tour du propriétaire. Il n'insista pas sur le hall d'entrée en marbre, ni sur les tableaux de maître qui ornaient son bureau design, ni sur les gentes soubrettes au décolleté printanier que l'on croisait sur la douce moquette des couloirs. Sa fierté était le choix omniprésent des énergies renouvelables, pompes à chaleur, panneaux solaires et autres bouses à biométhane, toutes choses qui n'intéressaient Gorce que très mollement.

— Et Jo le Merlan ?

— Jo comment ? Ah ! Vous voulez dire Monsieur Jo. Attendez, dit-il en bidouillant un portable. On me dit qu'il est à la roue.

— À la roue ? Qu'est-ce qu'il a encore fait, ce c…

— Ce n'est pas ce que vous pensez. Nous ne sommes plus au Moyen Âge. On n'attache plus les gens sur une roue de charrette pour leur briser les bras et les jambes avec une barre à mine. Regardez.

Il montra une immense cage circulaire en lattes de châtaignier, genre roue d'écureuil de 4 mètres de diamètre, qui tournait sur un axe horizontal, installée au bout d'un couloir donnant sur le parc. À l'intérieur, un octogénaire assez bien conservé, en short et torse nu, le front ceint d'un petit bandeau rouge de rugbyman toulonnais, courait en petites foulées et faisait tourner la roue. M. Brochet était aux anges.

— J'ai fait breveter le système, dit-il en se rengorgeant. J'avais remarqué que, dans toutes les maisons de retraite, les petits vieux n'ont qu'une envie, c'est de foutre le camp, même à *l'Été Indien* qui est pourtant, comme vous pouvez le voir, une maison attrayante. Il suffit de les installer dans une cage comme celle-ci ouvrant sur la campagne pour qu'ils se sentent pousser des ailes et courent vers la sortie. Ce faisant, ils actionnent la roue, la roue actionne une dynamo et la dynamo chauffe ma piscine.

— Celui-ci, c'est… Monsieur Jo ?

— Oui, il fait tous les soirs une heure de roue, de 4 à 5 heures. Pour le plaisir.

— Ça a l'air de lui réussir.

— C'est le plus performant de nos pensionnaires. Et la coqueluche de ces dames. Une valeur sûre.

— Je n'en doute pas. Ce serait dommage de le perdre. Pourtant, il est menacé. Si quelqu'un cherche à le joindre, par exemple un homme de 32 ans, costaud, blond aux yeux bleus, prévenez-moi. Voici ma carte.

— Mais…

— Si vous tenez à chauffer votre piscine.

— Ah !… Dans ce cas…

***

Comme le faucon fond sur sa proie, Kevin Kotz se posa sur le parking de Broutignac-Les-Bois. Il avait repris les commandes pour essayer de chasser de sa tête les vers lancinants de Georges Brassens qui le poursuivaient depuis deux jours :

« La belle qui couchait avec le roi de Prusse,
Avec le roi de Prusse,
À qui l'on a tondu le crâne rasibus,
Le crâne rasibus … »

Il ne retrouverait le repos que quand il aurait réglé ses comptes avec le toiletteur. Il restait cinq coups dans le chargeur du Luger Po8. Nikita ne partageait pas la même obstination. Elle voyait au contraire, dans cette suite d'évènements, une chance de rentrer discrètement dans le rang, le mac et le nervi étant pour toujours enfouis au plus profond de l'amnésie post-traumatique, et des oubliettes de l'Histoire. C'était très bien ainsi.

De sa tour de contrôle, le directeur avait entendu arriver cette petite voiture rouge assez inhabituelle dans une cour d'EHPAD, où l'on croise plus de déambulateurs que de spiders Alfa Romeo. Le conducteur semblait bien correspondre à la description que Gorce lui avait faite la veille. Il sauta sur son portable.

— Je l'ai ! Un blond costaud. Il y a une blonde avec lui, avec un béret. Je crois l'avoir déjà vue, mais je ne peux pas dire où. Qu'est-ce que j'en fais ?

— Rien. J'arrive.

Trente minutes plus tard, Gorce déboulait à *l'Été Indien*, immobilisait sa 306 contre l'Alfa. Il n'était pas seul. Sentant le coup fourré, Sylvia avait tenu à l'accompagner. Kevin était resté au volant, en discussion animée avec la blonde au béret. Il semblait parfois s'énerver avec des gestes vifs, alors qu'elle ne se départait pas de cet air buté qui la rendait encore plus craquante.

— Qui êtes-vous ? Qu'est-ce que vous voulez ?

— Commissaire Gorce. Je veux juste vous empêcher de faire une grosse bêtise.

En fait de bêtise, le Luger était dans la boite à gants. Kevin avait déjà tendu la main quand Nikita lui saisit le poignet.

— Non, Kev.

— Je suis un ami de votre mère. Il faut qu'on se parle. Allons prendre un verre.

C'étaient les bons mots au bon moment. car le bras retomba et la tension aussi. À la cafet' de *l'Été indien*, on ne servait pas de Chablis. Seulement un thé ou un café dans la machine à sous. Mais c'était suffisant pour que Gorce pût faire connaissance avec Kevin Kotz et lui expliquer qui était réellement sa mère et ce qu'elle avait vécu.

Gorce refit toute la guerre de 40 vue de la rue du Clocher : l'Occupation, le marché noir, les tickets de rationnement, la Résistance, Guingouin et le Mont Gargan, l'avion du jardin de l'Évêché, la Villa Tivoli, la Libération, l'épuration, les bons et les méchants, les méchants et les bons, et le rôle dans la clandestinité d'une certaine Marie Moreau, héroïque agent du Bureau Central de Renseignement et d'Action basé à Londres. Kevin écoutait dans la stupéfaction et le ciel lui tombait sur la tête une quatrième fois. Nikita s'était serrée contre lui et ne lui lâchait pas la main.

— Tu vois, Kev, dit-elle, aujourd'hui est un autre jour. Ta mère n'aurait sans doute pas aimé que, 50 ans plus tard, son fils en vienne à briser sa vie pour buter cette ordure de Jo le Merlan, même s'il a cent fois mérité le poteau.

Au mot de poteau, Sylvia s'était levée, préférant les laisser seuls dans ce grand moment d'émotion: «Je vais faire un tour. Nikita, vous venez avec moi?»

Une demi-heure plus tard, elles étaient de retour, un peu de rose aux joues. L'une s'assit en se donnant un petit coup de peigne. L'autre vérifia son rouge à lèvres dans un miroir de poche. Nikita se serra contre son Kevin.

— Justice est faite, dit-elle.

Justice est faite… Qu'est-ce à dire? En quittant la cellule de crise, elles étaient parties à l'aventure dans les jardins de *l'Été indien*. Sylvia arriva ainsi, sans l'avoir voulu, devant la fameuse roue d'écureuil dont Gorce lui avait parlé. Il était 16h15, la cage était donc occupée par Jo le Merlan qui faisait le paon devant une petite brochette d'admiratrices à la flamme quelque peu vacillante. Il les avait rallumées par quelques mouvements d'assouplissement, avant d'entrer en piste. Il était maintenant en plein exercice à foulées médio-pied qui alliaient l'élégance et l'efficacité. Il est vrai qu'il avait un certain style et que le moulin tournait rond. Mais les meilleures choses ont une fin et l'heure du thé approchant, les déambulatrices s'étaient repliées vers le salon du même nom. Aussitôt qu'elles eurent disparu, il resta seul avec lui-même et sa belle foulée se métamorphosa en une pauvre attaque-talon de petit vieux en difficulté avec son rachis dorso-lombaire. C'est alors qu'il aperçut la belle Sylvia. Elle n'avait pas voulu rester bras croisés en dehors du casting et s'était trouvé un très beau rôle d'artiste et de justicière sous le palmier de *l'Été indien*. Elle avait enlevé le haut et retroussé le bas. Jambes croisées dans un fauteuil d'Emmanuelle, elle l'observait en suçant son pouce avec gourmandise. Du coup, il rajusta son bandeau rouge, rentra le ventre et retrouva sa belle foulée médio-pied. À un moment, elle le sentit faiblir, mais il se reprit vite et allongea encore le pas lorsqu'il la vit se lancer dans un strip-tease d'anthologie accompagné par les grincements rythmés de la roue d'écureuil. Les bras tendus, il roulait vers elle les mêmes yeux de fou que lorsqu'il coupait les cheveux de Marie Moreau en 1944. « Il finira bien par craquer », pensait-elle, mais il avait le coeur solide, il bougeait encore. Elle passa donc aux grands moyens, sous l'œil admiratif de Nikita qui était restée sagement à l'écart de cette étonnante prestation.

Il y avait, en face de la cage, juste dans la ligne de mire de l'écureuil, un tronc de cerisier parfaitement lisse et rectiligne. Elle sortit le grand jeu, la fameuse danse poteau, la pole dance qui avait fait les beaux soirs de son One Woman Show quand elle s'appelait Sylvia Sirena et triomphait dans le plus simple appareil au *Moulin de la Sirène*, sur le Plateau de Millevaches. Elle n'avait rien oublié. Nikita connaissait aussi la partition, universellement jouée et rejouée du paléolithique à nos jours, de Las Vegas à Broutignac-les-Bois ; elle n'y tint plus et se mit aussitôt en tenue de combat pour un duo d'enfer qui électrisa Jo le Merlan au bord de l'apoplexie. Il avait arraché le bandeau, cherchait l'oxygène en se serrant convulsivement la poitrine, la jambe gauche ne suivait plus le rythme de la jambe droite, et chose rare à cet âge, ce fut la queue de l'écureuil qui se prit dans les rayons. Son hurlement de douleur s'entendit jusqu'au fond des bois de Broutignac. On n'arrête pas une roue lancée, c'est ce que les physiciens appellent poétiquement le « moment du couple ». Jo le Merlan fit sept fois le tour du cadran, emporté par la force centrifuge comme dans un tambour de machine à laver en phase terminale. Lorsqu'elle voulut bien s'arrêter, il était complètement essoré et il n'y avait plus aucune tache de vie dans ses misérables artères. Justice était faite.

***

Celui qui fut le plus surpris dans cette affaire fut sans doute le propriétaire du Spider Alfa Romeo qui le retrouva sur le parking où il l'avait laissé, lavé, astiqué, avec le plein d'essence et un petit mot : « Merci. Vous penserez à changer les balais d'essuie-glace, ils sont au bout du rouleau. Arsène ».

C'est donc en vieille Twingo que Kevin se présenta, le lendemain, aux obsèques de sa mère. Il n'y avait pas foule. De hautes autorités de la France Libre et du quatrième âge avaient fait le déplacement pour déposer sur la tombe quelques mots dithyrambiques et une gerbe de fleurs tricolores. Le commissaire Gorce était là avec la belle Sylvia, un sourire entendu et une franche poignée de main. L'inspecteur Renardeau aussi :

— Condoléances, M. Kotz. Heureusement qu'il y a sur terre des gens comme vous.

Fernande la frisottée ne put retenir une petite larme lorsqu'elle se jeta goulûment sur son jeune voisin avec trois bises baveuses dans le creux de l'oreille :

— Vous connaissez mon prénom… S'il vous arrive de penser à moi… et si je peux faire quelque chose pour vous…

Au retour de cette émouvante cérémonie, il fit part à son amie Niki de son intention de tout vendre pour tirer un trait et monter une start-up informatique au Canada. Elle pourrait y poursuivre ses études de Lettres. Elle était finalement la seule à savoir que Kevin n'avait été qu'un postulant malheureux au titre de serial killer puisque ses performances n'avaient pas été homologuées. Tout cela crée des liens et une place était vacante dans le coeur de Kevin après la mort de sa mère. Elle s'y glissa avec toute la tendresse dont elle avait été privée ces derniers mois. Il souhaitait enfin ajouter à son nom celui de sa mère : Kevin Moreau-Kotz.

— Moreau-Kotz ? Tu n'as pas peur que ça fasse un peu « Mort aux cons ! ».

— Vaste programme ! C'est comme ça qu'on devient serial killer !

## La p'tite frappe et le vieux zombie

Yves Aubard

Klang !

Qu'est que c'est que ce bordel ? Ma mère a encore dû faire tomber quelque chose : pas très habile la vieille ! Bon, pas d'autre bruit, probablement rien de bien grave, et en tout cas pas de quoi interrompre la partie de *Dead Rising* sur ma console.

J'adore *Dead Rising*, vous connaissez sûrement. La règle du jeu, c'est simple : moi, je suis Franck West (enfin dans le jeu, parce que dans la vraie vie, je m'appelle Kevin Kotz), j'arrive en hélico dans un centre commercial, et là c'est le bordel : c'est bourré de zombies. Moi, j'suis un humain, bien sûr, et je dois flinguer ces salopards revenus d'outre-tombe. C'est des fumiers, ces mecs-là ! D'abord, ils ont des gueules pas possibles et y sont méchants comme des teignes. Ils ont zigouillé une pauvre vieille qu'avait perdu son chien. Faut dire qu'la grand-mère l'avait un peu cherché, elle avait quitté le camp où s'étaient réfugiés les humains survivants pour aller chercher son clébard ! Résultats, les zombies lui sont tombés dessus, ils lui ont fait la peau et, comme elle avait laissé ouverte la porte du camp, y sont rentrés et ils ont zigouillé un paquet d'humains… faut pas dire du mal des morts, mais l'était quand même un peu craignos la vieille…

Alors moi, j'suis là et je dézingue les zombies, mais c'est pas d'la tarte, c'est moi qui vous l'dis ! Y sont malins comme des singes, y s'planquent, tout d'un coup ils arrivent de partout, et y cherchent à me faire la peau, ces cons. Mais je ne suis pas tombé de la dernière pluie, je suis super costaud, je maîtrise tous les arts martiaux : karaté, kungfu, jujitsu, jujid'ssous… j'ai dû être élevé dans un monastère Shaolin par un maître Jedi ou un truc comme ça pour être aussi tancké. En plus, je peux ramasser tout un tas de trucs en route pour me défendre : flingues, couteaux, battes de baseball, barres de fer, sécateurs… même une tondeuse à gazon, putain j'l'adore celle-là ! Elle te cisaille les zombies comme un rien.

Bon, c'est terminé, j'éteins ma Xbox 360, palier 45, pas mal ! ils ont fini par m'avoir les zombies, mais j'en ai quand même buté un max. C'est assez gore, y saignent comme des cochons quand on les flingue et y gueulent comme des veaux, j'adore ça !

J'espère que la vieille (pas celle du jeu, ma mère) a préparé quelque chose à becqueter, j'ai la dalle. Occire du zombie, ça creuse son homme, tous les serial killers vous le diront.

Je descends, je pousse la porte de la cuisine, elle grince, la vieille va encore m'engueuler : je devais y mettre de l'huile… Oh merde ! ben ça alors, la vieille s'est pendue ! je réalise que le « klang » de tout à l'heure, c'était le bruit de la chaise sur laquelle elle est montée pour se passer la corde au cou et qu'elle a repoussée ensuite.

Je ramasse la chaise, je m'assois dessus et je la regarde. Ça fait drôle, elle a une sale gueule, toute bleue, penchée sur le côté, putain ! Elle s'est pas ratée ! J'me dis que c'est un peu dégueulasse de se pendre dans la cuisine, au-dessus de la bouffe, mais bon, là ou ailleurs, y paraît qui s'en fichent ceux qui se pendent…

En tous cas, moi, ça m'a coupé l'appétit. C'est pas qu'on s'entendait bien avec la vieille, mais tout de même, c'était ma mère.

C'est la première fois que je vois un mort en vrai, ça fait bizarre. Pourquoi elle a fait ça, la vieille ? D'accord, on s'causait pas beaucoup, mais elle aurait pu m'en parler, j'suis pas un mauvais fils, j'l'aurais aidée pour attacher sa corde, elle a dû s'emmerder, elle a jamais été très douée pour la bricole …

Je réalise que ça pose un problème immédiat : c'est elle qui ramenait le fric à la maison. Elle faisait des ménages chez des richards du quartier, au black bien sûr, mais maintenant qu'elle est clamsée, y vont sûrement plus vouloir lui filer de blé, c'est pingre les richards. Et moi, faut qu'je bouffe tous les jours et que j'paye les réparations de ma console[3], elle plante régulièrement cette salope !

Je sais où elle planque son blé, la vieille : une boîte en fer dans le tiroir de la commode, celui-là aussi y grince, mais j'me ferai plus enguirlander pour y mettre de l'huile, faut voir le côté positif des choses.

Cinq cent balles dans la boîte, pas des masses ! Tiens ! Y a une lettre :

---

3. Sortie en décembre 2005 en Europe au prix de 299 euros, la Xbox 360 Core System fut le premier modèle d'entrée de gamme des Xbox 360. Les détaillants ont rapporté nombre de problèmes techniques et des taux de retour sous garantie de 30 à 50 %.

*Chère Madame Kotz*

*J'ai le regret de vous informer que votre mari, M. Antoine Kotz, est décédé ce jour dans sa cellule de notre établissement de Fleury-Mérogis. Le médecin de la centrale a précisé que la cause du décès était naturelle, liée à un accident vasculaire cérébral.*

*Le corps de votre époux est à votre disposition à la morgue de la centrale.*

*Au nom de l'administration pénitencière, je tiens à vous exprimer, chère madame, l'assurance de nos plus sincères condoléances.*

*Le directeur de la centrale*

Eh ben, deux d'un coup ! Me voilà orphelin.

Le vieux devait être libéré le mois prochain. Il avait pris vingt-cinq ans. Faut dire qu'il était un peu couillon, braquer une banque et dézinguer un flic, d'accord, mais se faire choper dès le lendemain … pas très malin. Dire qu'il est mort du cerveau, c'était pourtant pas l'organe qu'il avait le plus utilisé !

Je réalise que c'est sûrement pour ça que la vieille s'est pendue, elle l'attendait « son homme » comme elle disait, elle comptait les jours avant qu'il revienne, elle notait ça dans un petit carnet. Pourtant, il lui foutait bien quelques trempes de temps en temps, mais y paraît qu'il était affectueux quand il était bourré, et comme ça lui arrivait souvent d'être bourré, elle s'en plaignait pas.

Moi j'en sais rien, j'l'ai pas connu, vu que j'suis né trois mois après qu'on l'ait serré. J'suis jamais allé le voir en taule, la vieille disait qu'c'était pas un endroit pour un gosse. Ah ! il aura été con jusqu'au bout le vieux, clamser un mois avant sa libération, on n'a pas idée !

Bon, c'est pas tout ça, mais faut qu'je réfléchisse à ce que je vais faire, moi. C'est qu'j'ai jamais rien foutu de mes dix doigts, à part trucider des zombies sur ma console. P'is c'est qu'j'ai envie de rien faire d'autre ! À l'école, la conseillère pédagogique m'a demandé ce que je voulais faire plus tard, j'connaissais pas encore les jeux sur console, alors j'lui ai dit que je voulais être tueur dans un abattoir, ça m'plaisait bien comme idée à l'époque. J'avais déjà zigouillé tous les chats du quartier, y m'semble que j'avais quelques prédispositions pour ça. Elle a pas aimé, la conseillère, elle a dit que j'étais un « inadapté social à tendances perverses », voilà comment on brise dans l'œuf une vraie vocation !

J'm'y suis pas éternisé à l'école, à seize ans j'étais apprenti chez un boucher. Couper la bidoche, j'aimais bien, j'ai appris à manier le couteau, mais se lever à six heures tous les matins, c'était chiant. Un jour que j'étais en retard, le boucher m'a engueulé, ce con ! J'ai pris un couteau et j'lui ai dit que j'allais le saigner si y faisait chier. Ça lui a pas plu, on s'demande pourquoi, y m'a viré. Depuis j'ai jamais réessayé de travailler, je crois que c'est pas mon truc le boulot.

Bon, c'est décidé, je vais m'casser pour aller tuer des zombies dans la vraie vie, y aura bien quelqu'un pour la décrocher, la vieille.

Ça fait dix jours que j'ai quitté Vierzon (Oui, c'est là qu'on créchait avec ma mère) et que je marche. Y m'reste encore 250 balles. Depuis que j'ai décidé de prendre la route et de trucider des zombies, j'ai dépensé la moitié d'mon fric et j'ai encore tué personne, navrant ! J'me suis dit que le premier à occire, c'était le boucher qui m'avait viré. Je m'suis pointé à sa boutique, sa bonne femme était là et, alors que je demandais des nouvelles du patron, elle m'a dit que ce con (enfin elle a pas dit « ce con », c'est moi qui précise) était déjà mort : infarctus l'année dernière, merde !

J'ai hésité à tuer sa greluche, une grosse blondasse, qui avait le même regard que la tête de veau qu'elle avait en devanture, mais en moins expressif. Mais y avait du monde dans le magasin, alors j'me suis cassé.

J'me suis demandé qui j'allais bien pouvoir occire. À part le boucher, personne m'avait vraiment emmerdé jusque-là. Je réalisais avec aigreur que je n'avais pas d'ennemis, pas le moindre zombie qui cherchait à me faire la peau dans la vraie vie. C'est alors que j'ai eu une idée : je pourrai occire le flic qui avait serré mon père vingt-cinq ans plus tôt. Vengeance familiale, ça avait d'la gueule ça, non ?

Je ne savais qu'une chose : le vieux s'était fait coincer à Limoges et c'est là qu'il avait été jugé. C'est pour ça que j'ai pris la route du Limousin, j'avais un flic à y trucider et peut être aussi un juge, tant qu'à faire de me déplacer, autant que ce soit pour quelque chose.

Limoges ? La zone ! Enfin, c'est pas pire que Vierzon d'où je viens.

Comment retrouver le flic qui a serré mon père il y a vingt-cinq ans ? Un bistrot, faut qu'je demande dans un bistrot, y a pas mieux qu'un bistrotier pour vous donner des renseignements. Le premier que j'trouve en arrivant dans l'bled, s'appelle *Le Nationale 20*. Pas beaucoup d'imagination dans le pays ! c'est le nom de la route qui passe devant. Le patron derrière son comptoir a quelques heures de vol au compteur, mais il est bavard comme une assistante sociale. En buvant une Suze, et en prenant un air dégagé, comme Belmondo dans j'sais plus quel film, je lui demande si y connaît le chef des poulets du coin.

— Bah ! on les connaît plus les flics de nos jours, qu'y m'dit, c'est pas comme à l'époque de Gorce, celui-là, l'était connu comme le loup blanc en son temps.

— C'était quand son temps ?

— Il est à la retraite depuis six ou sept ans, j'crois bien, avant, il a été le chef des flics de la ville pendant une bonne trentaine d'années.

J'me dis que c'est celui-là qu'il me faut.

— Et où est-ce qu'y crèche ?

— J'en sais rien moi, pourquoi tu l'cherches, tu veux aller te plaindre de ma Suze ?

Curieux le gus, mais on m'prend pas de court comme ça, j'lui sors le p'tit baratin que j'avais préparé au cas où on me poserait des questions :

— Non, j'veux l'remercier, c'est lui qui a coincé le salopard qui a tué mon père il y a vingt ans.

— Ah ! Ça ! Il en a mis quelques-uns à l'ombre, des truands ! m'assure le tenancier. À l'époque, il était tous les midis chez

Jean, mon collègue de *l'Échanson*, à l'heure de l'apéro, l'a pas dû changer ses habitudes depuis qu'il est en retraite, j'ai pas entendu dire qu'il avait quitté la région. Les vieux ânes, ça suit toujours les mêmes chemins et ça boit aux mêmes endroits, t'as des chances de le trouver là.

J'me fais expliquer où est cet *Échanson*, je remercie, car je suis un gars bien élevé, et je me taille.

Y commence à faire nuit, faut que je trouve un coin pour dormir. Depuis que j'ai pris la route, je dors à la belle étoile. J'me dis que, cet hiver, va falloir trouver autre chose, mais, pour le moment, ça va, j'ai bien pris une ou deux saucées du côté de Châteauroux, mais j'ai jamais eu vraiment froid. Pourtant je voyage léger : dans mon sac à dos, y a un futal, deux tee-shirts, un pull, un calbut et une paire de chaussettes. C'est la console qui tient le plus de place.

J'me balade dans le bled : pas folichon Limoges by night ! j'aperçois une rivière : sur les rivières, y a des ponts, et sous les ponts, on trouve en général de la place pour dormir, ça j'l'ai appris depuis que je fais la route, avant je savais que dalle. À Limoges, des ponts y en a plusieurs et le premier que je trouve fait l'affaire. J'me couche sur un carton piqué dans une poubelle, le bruit des bagnoles au-dessus de ma tête m'endort rapidement.

J'me réveille avec les rayons du soleil, j'vais boire un p'tit noir dans un bouiboui pas loin que j'avais repéré la veille, dénommé *le Saint-Maurice*. Connais pas ce Maurice, mais j'me dis que ça fera l'affaire. Le patron est sympa, y m'laisse brancher ma box sur sa télé, j'lui montre comment on dézingue les zombies, l'est vachement impressionné. J'me fais réexpliquer où est cet *Échanson*, car je me suis un peu perdu dans le bled la veille.

J'm'y pointe sur le coup des onze heures. Ça me paraît correct comme horaire pour l'apéro. Dans le zinc, y a une radasse au comptoir qui fait du gringue au serveur, et trois gus assis autour d'une table sur laquelle trône une bouteille de rouge. Mine de rien, j'm'assois à la table voisine et j'écoute leur conversation.

*— Eh bien ! cette fois-ci, c'est ton tour mon cher Gérard, il y a six ans on buvait à ma retraite, maintenant c'est la tienne ! lance le plus vieux de la bande.*

*— La roue tourne, répond un type qui n'est pas non plus de première jeunesse, mais comme toi, je pars sans regret, je vais prendre ma carte et tu m'emmèneras à la pêche.*

*— J'sais pas si un journaleux sur le retour, comme toi, sera foutu de pêcher à la mouche, reprend le plus vieux.*

*— Si un vieux flic retiré des affaires y arrive, ça devrait pas me poser de problème, rétorque le néo-retraité.*

*— Dites donc les anciens combattants, intervient le troisième gus, j'me disais qu'à la retraite tous les deux, vous alliez enfin cesser de vous chambrer comme des gamins, mais je vois qu'il n'en est rien.*

*— Mon p'tit Léon*[4]*, reprend le plus vieux, tu apprendras, avec le temps, que plus on vieillit plus on est gamin, et je ne cesserais de chambrer Gérard que le jour de mon enterrement, ne t'en déplaise.*

Le p'tit Léon en question est plus jeune que les deux autres.

En résumant ce que j'ai entendu et compris, j'en conclue habilement que le plus vieux des trois doit être ce fameux Gorce. J'me trouve plutôt bon dans l'domaine de la criminalité, j'ai repéré ma victime en une seule journée.

Je décide de me faire discret, je bois le verre de blanc que j'avais commandé et je

---

4. Voir pourquoi Léon s'appelle Léon dans « 7 opus 2 ».

vais attendre dehors. J'ai prévu de suivre Gorce pour voir où il habite. J'ai astucieusement remarqué que la bouteille de rouge des trois gus était juste entamée, et tel Sherlock Holmes dans… Sherlock Holmes et les zombies, j'en déduis que ces mecs-là n'étant pas du genre à faire des restes à l'apéro, j'ai une bonne demi-heure devant moi. Je vois qu'il y a une FNAC juste en bas de la rue, j'décide d'y faire un saut, histoire de voir si la Xbox 360 Élite serait pas sortie, on l'annonce depuis un an[5].

Trente minutes plus tard, pas de nouvelle console en vue, et j'suis revenu devant *l'Échanson*. J'ai pas besoin d'attendre bien longtemps : mes trois gaillards sortent au bout de cinq minutes, y s'tapent la bise. J'trouve ça con, ces ringards qui se pourlèchent les bajoues, enfin c'est de leur temps, personne leur a appris à checker. Le « journaleux » à la retraite et le Léon prennent chacun une voiture garée dans la rue, mais Gorce s'en va à pied : j'ai de la chance, le dieu des tueurs de zombies est avec moi !

J'lui emboîte le pas, mais discret, comme j'ai vu faire Al Pacino dans j'sais plus quel film. On marche pas bien longtemps. Au bout d'un quart d'heure, on arrive devant

5. Elle sortira en Europe le 27 août 2007.

une espèce de grand parc tout près de la gare. Le vieux s'enfourne dans un immeuble, digicode à l'entrée, pas possible de le suivre.

Pas grave, je l'ai logé le vioc. Reste plus qu'à savoir quand et comment j'vais lui faire la peau. Je décide de planquer une nuit devant chez lui ; si y sort le soir, il est fait comme un rat.

Y sort pas, ce con, mais j'm'ennuie pas. Dans son quartier, c'est plutôt animé : dans le jardin au pied de son immeuble, y a une pute tous les cinquante mètres. Je pense à Jack l'Éventreur, vous connaissez peut être, un rosbif super doué qui trucidait les putes à grands coups de couteau, un vrai génie ce mec, on l'a jamais coincé. Mais les putes, et même les femmes en général, c'est pas mon truc, j'ai pas envie de les occire ni même de les baiser. Pour la baise, un bon porno et ma main droite ça suffit, et pour ce qui est de trucider, j'me concentre sur les zombies et les vieux flics, un point c'est tout. Ne nous éparpillons pas, comme disait j'sais plus qui dans j'sais plus quel film.

En tout cas, si les filles ne m'intéressent pas, y en a un qui leur cause vachement. Ça doit être leur mac, un type gominé, chaîne et gourmette en or sur torse et poignet velus comme une burne, pantalon sky, pompes blanches et pointues : la caricature, le mec ! Y va d'une fille à l'autre et il les engueule. Y en a même une qu'il tabasse salement, quel petit salopard celui-là ! on sent qu'il y prend du plaisir. Ma mère m'a toujours dit de ne pas m'occuper des affaires des autres, alors je le laisse tabasser la greluche ; j'veux être serial killer moi, pas Robin des Bois.

Après une journée à roupiller sur mon carton au bord de la rivière, j'me tape une deuxième nuit de planque dans le jardin. Même scénario : le vieux ne pointe pas son nez et le mac vient tabasser une autre pute. Un peu monotone comme spectacle, je commence à m'ennuyer ferme, je me demande si je ne vais pas devoir occire Gorce quand y va à son apéro du midi.

Mais le troisième soir, je suis enfin récompensé de mes efforts. Sur le coup des 20 plombes, je vois mon vieux flic qui sort de chez lui. Putain ! il a une canne à pêche à la main, son pardessus élimé, sa casquette et une gibecière à l'épaule. Le con ! y va à la pêche, quel bouffon ! Y traverse un bout de la ville et va s'installer au bord de la rivière sur un pliant sorti de sa gibecière. J'ai appris au *Saint-Maurice* que la rivière en question, c'était la Vienne. En tout cas, cet idiot pêche à deux pas du pont où je pieute. Je le reluque « discrétos », comme Gabin dans j'sais plus quel film.

Y pêche une bonne heure, y prend trois ablettes et y remonte chez lui. Immédiatement une idée lumineuse me vient, c'est là qu'on voit que j'ai des prédispositions pour le métier d'assassin quand même : la prochaine fois qu'y va à la pêche, ce sera la dernière, je vais l'attendre au bord de la rivière et l'occire là, tranquillement. Y a pas un pelé qui passe dans le coin la nuit, j'y dors comme un loir depuis une semaine. L'endroit idéal pour trucider un zombie ex-flic.

Plus besoin de m'emmerder à planquer dans le jardin, je l'attends en bouffant des boîtes de sardines et des chips au bord de la rivière, confortablement installé sur mon carton. Trois jours passent, j'ai arrêté les sardines, ça m'donnait des aigreurs, j'suis passé au maquereau. Dès la tombée de la nuit, chaque soir, je vais jeter un œil pour voir si mon gus est là, mais rien.

Le bistrotier où je joue à la console et prends mon kawa le matin me dit que les pêcheurs, ils attendent en général « une éclosion » pour faire le coup du soir. J'sais pas ce que c'est que ce truc-là, mais doit y en avoir une le quatrième jour car mon gus est là, assis sur son pliant, la veste sur le dos et la casquette sur le crâne.

Quand je suis parti de Vierzon, j'ai embarqué le grand couteau dans la cuisine de ma mère, qui lui servait à couper la viande. J'le prends, je m'approche dans son dos sans un bruit, discret comme j'sais plus qui dans « Psychose ». J'hésite pas, j'lui colle une main sur le bec, des fois qu'il veuille faire une déclaration intempestive, et de l'autre, avec mon couteau, je lui tranche le gosier d'une oreille à l'autre, d'un seul coup. Le sang me gicle sur les manches, c'est chaud et c'est gluant, c'est bien plus dégueulasse que dans mon jeu vidéo, ou même que chez le boucher quand je coupais un gigot. En tout cas, le vieux, il dit pas un mot, il s'affale comme une bouse, j'lui ai coupé net le sifflet.

J'suis assez content de moi : pour mes débuts de killer dans la vraie vie, j'ai été plutôt bon. J'le regarde par terre et là je vois ses godasses. Putain ! c'est celles du mac ! les pompes blanches. Pourquoi le vieux aurait-il piqué les pompes au gominé ? J'ai comme un doute, je retourne le vieux, et là je vois que ce n'est pas lui, bordel, c'est le mac ! Y fait une drôle de gueule, y rigole d'au-dessous du menton, sa chaîne en or baigne dans le sang, c'est bizarre. En tout cas, y fait moins le fiérot que quand y tabassait les filles.

Je regrette pas d'avoir trucidé ce tordu, mais ça m'emmerde pour le vieux. J'y comprends rien. Est-ce que c'est un copain du mac et il lui aurait prêté ses fringues pour aller à la pêche ? Étrange… les macs, ça pêchent pas en eau douce, ça prend que d'la morue, donc en pleine mer. J'me marre en pensant à cette bonne vanne.

Je balance le cadavre du gominé dans la rivière avec son pliant. Reste plus qu'une tâche de sang dans l'herbe sur la berge, mais j'pousse pas le zèle jusqu'à nettoyer ça, merde ! Dans *Dead Rising*, doit y avoir des mecs qui font le ménage, c'est clean tous les matins. Y doit bien y avoir des cantonniers dans ce bled ; Ravaillac, il a pas passé la serpillère dans l'carrosse d'Henri IV. Faut pas croire, mais y a des trucs que j'ai retenu à l'école.

Je reviens sous mon pont et j'me couche, je décide que j'irai dessouder le vieux demain quand y rentrera chez lui après son apéro quotidien. J'élabore une stratégie des plus fines, le zombie, même vieux, ça s'tue pas en improvisant, faut planifier : j'le pousserai dans le hall de son immeuble quand il aura ouvert la porte, et je lui larderai le beefsteak au couteau. J'abandonne l'idée de lui trancher le gosier, c'est trop dégueulasse, on s'en met partout. Je m'endors satisfait de mon plan, avec le sentiment du devoir accompli.

Y a quelque chose qui me pique le cul ! Ça me réveille, y fait jour. Je lance une main pour attraper cette vermine qui me taraude le fion et là, j'attrape une chaussure, ou plus exactement une botte. Je me retourne et je vois que la botte, c'est une Santiag et qu'il y a un pied dedans, et ce pied appartient à un mec que je connais : c'est le Léon que j'avais vu à *l'Échanson*.

— Inspecteur Léon Lepénec, me dit le propriétaire du pied et par la même occasion de la botte, en me tendant une carte où y a sa tronche, si vous voulez bien me suivre jusqu'au commissariat, j'aurais quelques questions à vous poser.

Derrière lui, y a deux gus en uniforme, qui tiennent chacun une mitraillette à la main. Dans *Dead Rising*, j'ai appris qu'une mitraillette, ça peut tuer dix zombies en une minute, alors je joue pas les fanfarons, j'obtempère comme dit Derrick dans un feuilleton à la con. Je me lève : pas besoin de passer au dressing, car je dors tout habillé, ni par la salle de bain, vu que j'me suis douché à Vierzon avant de partir. Les keufs me posent les bracelets et me mettent dans le panier à salade. Z'ont pas l'air contents, comme s'ils avaient quelque chose à me reprocher.

On arrive au poulailler et là, ils me font rentrer dans un bureau nettement moins bien que celui de l'inspecteur Harry. Léon

« les Santiags » entre avec moi, mais il est suivi par un mec, et là, après avoir eu le cul piqué au réveil, je l'ai de troué dans la matinée : le mec, c'est Gorce !

Qu'est-ce qu'y fout là, le vieux zombie ?

C'est lui qui prend la parole, l'a pas l'air commode :

— Tu me suis depuis cinq jours, très précisément depuis le moment où tu étais assis à côté de nous à *l'Échanson*. Tu m'as filé jusqu'à ma maison, tu as planqué deux nuits de suite dans le jardin du Champ de Juillet. Tu m'as suivi et surveillé quand je suis allé à la pêche le jour suivant. Puis chaque soir, tu es revenu inspecter mon coin de pêche pour voir si j'étais là. Qu'est-ce que tu me veux ?

Putain, j'me dis que ce zombie-là, il a des yeux dans le dos et qu'il est plus futé que ceux que j'affronte dans *Dead Rising*. Va falloir jouer fin. Je prends ma voix la plus innocente, comme Landru devant ses jurés :

— Ben, j'vous connais pas moi, j'ai bu un coup dans un bistrot en ville, puis je suis allé voir les putes dans votre jardin de Juillet ou d'Juin, j'sais plus bien. C'est pas ma faute si vous habitez devant chez les putes !

— Je vais te dire ce que tu me veux, reprend le vieux que mon plaidoyer n'avait manifestement pas ému. Tu es Kevin Kotz, le fils d'Antoine Kotz qui vient de mourir d'un AVC à Fleury-Mérogis. Ta mère s'est pendue il y a trois semaines, tu as quitté ton domicile à Vierzon où tu vivais avec elle, et tu es venu ici à Limoges. Et je crois que si tu es venu là, c'est pour me faire la peau, car c'est moi qui avait serré ton père il y a vingt-cinq ans.

Putain ! le vieux zombie avait déjà vu le film !

— Dites donc, vous fumez d'la mauvaise beu, vous ! j'ai tué personne moi, je flingue les zombies que sur ma console, c'est dans votre tête de malade tout ça ! que j'm'exclame pathétiquement.

— Si, justement tu as tué quelqu'un, continue le vieux, imperturbable, on a retrouvé ce pauvre Enzo, échoué vers le pont de Condat, tout ce qu'il y a de plus mort avec un large sourire kabyle qui nuit gravement à son charme.

Merde, ils ont repêché le gominé !

— Mais j'le connais pas votre Enzo, moi, m'exclam'je à nouveau, mais moins pathétiquement ce coup-ci.

Le vieux pose sur la table et devant mon nez un camescope à main. Sur le répétiteur, je revois la scène de la veille : certes, je suis de dos, mais on me reconnaît bien, j'ai mon tee-shirt avec « Zlatan » écrit dans le dos. J'apprécie au passage la grande précision de mon geste, qui pourrait passer pour de la dextérité, mais je ne suis pas sûr que ce soit ce qui impressionne le plus Léon et le vieux.

— Mais qui c'est qu'a filmé ça? que j'demande, consterné.

— Ben, c'est moi, mon gars, répond le vieux, j'étais là, tu ne crois tout de même pas qu'Enzo est venu gentiment à la pêche avec mon manteau et ma casquette, sans que je le tienne en joue d'une main, caché dans un buisson, tandis que je le filmais de l'autre main.

— Mais alors, vous lui avez fait prendre votre place exprès… pour que je le bute?

— Je me suis dit qu'il fallait exploiter au maximum tes qualités de tueur de zombie, comme tu dis mon gars, et nous avions justement un zombie qui nous emmerdait fichtrement à Limoges et que nous n'arrivions pas à coincer. Autant faire appel au spécialiste.

— Mais c'est vous qui avez organisé tout ça, vous êtes un sacré tordu. Si les flics se mettent à faire tuer les gens maintenant, où allons-nous?

— Mais je ne suis pas flic, mon gars, je suis un paisible retraité, me lance le vieux, imperturbable.

Je me retourne alors vers Léon: lui, c'est un vrai flic, j'ai vu sa carte:

— Mais, vous ne l'arrêtez pas?

— Moi ? s'étonne botte pointue, j'ai une vidéo déposée anonymement au commissariat où l'on vous voit trucider ce pauvre Enzo. Je crains que l'on ne retrouve du sang de la victime sur vos mains, vos habits et votre couteau, c'est donc vous que je vais arrêter. Le reste, comme vous l'avez fort justement fait remarquer, n'est qu'affabulation. Tout se passe dans la tête d'un vieux commissaire à la retraite, rongé par la maladie d'Alzheimer ; nous n'allons pas encombrer le procès-verbal de ces propos délirants.

Ah ! Les salopards ! ils font bien la paire, ces deux-là. Je suis fait comme un rat. Je leur demande si on va me faire une anesthésie avant de me couper la tête ?

— Mais non, on ne raccourcit plus personne dans le pays depuis belle lurette, m'assure le vieux, tu vas aller en taule, c'est tout.

— Mais comment j'vais faire pour devenir serial killer moi ? J'ai tué qu'un seul zombie, ça fait pas sérieux.

— Ça, mon vieux, c'est ton affaire, reprend Gorce, mais réfléchis bien : en taule, tu seras nourri, logé, et si t'emmerdes pas les matons, ils te laisseront ta console, tu pourras jouer du soir au matin.

J'y pense un moment, il a pas tort ce vieux salopard, j'aurais que ça à foutre au placard, je vais devenir un super pro de *Dead Rising*, j'ai vu qu'y avait des concours sur le net. Finalement la taule, ça a du bon.

— *Alors comme ça, le vieux cheval a repris du service, dit Gérard, c'était plus fort que toi, il a fallu que tu t'y remettes.*

— *Ben dis-donc, c'est pas moi qui suis allé le chercher le tueur de zombie, j'allais pas le laisser me mettre à son tableau de chasse.*

— *Comment l'as-tu repéré?*

— *Tu t'souviens, il était à la table juste là, à côté de nous un jour où nous refaisions le monde avec Léon.* L'Échanson *était vide et il est venu se coller contre nous, il écoutait manifestement notre conversation.*

— *Et alors, nos discussions sont tellement riches et passionnantes! Ce n'est pas un crime de les écouter.*

— *Ouais, mais ensuite cette petite frappe m'a suivi, discret comme un furoncle sur une fesse de nonne.*

— *Tu fais l'dermato dans les monastères, toi, maintenant!*

— *Il a planqué trois nuits au bas de mon immeuble, j'le voyais depuis ma fenêtre. Sa tête me disait bien quelque chose, mais j'arrivais pas à savoir quoi. C'est Léon qui m'a mis sur la voie. Tu sais qu'y m'tient au courant de ce que deviennent tous ceux que j'ai mis au placard pendant mes heures de gloire.*

*— Oui, le carnet mondain de la racaille limousine.*

*— Il m'annonce qu'Antoine Kotz a cassé sa pipe en taule, un mois avant sa libération. Et là, ça s'éclaire dans ma tête, j'me dis que la p'tite frappe, c'est à Antoine Kotz qui ressemble.*

*— Le mec qui avait braqué le Crédit Agricole et flingué un de tes collègues en se tirant ?*

*— Oui, pas très finaud le bougre, on l'avait serré le lendemain, rond comme une queue d'pelle, en train d'arroser son casse.*

*— T'as gardé l'œil toi, reconnaître le fils du père plus de vingt ans après !*

*— Ben, j'les ai vus tous les deux au même âge, ça aide, et les têtes de truand, ça m'est toujours resté dans la mémoire. Toujours est-il que je savais qu'à l'époque notre Antoine était venu de Vierzon pour faire son coup, alors j'appelle les collègues de Vierzon et là je tombe sur Dédé.*

*— Dédé ?*

*— Mais oui, Dédé « le dentiste », tu l'as pas connu ?*

*— Ah ! non, désolé ! je ne connais pas tous tes anciens collègues jusqu'à Vierzon.*

*— On l'appelait « le dentiste » parce que quand il avait mis deux torgnoles à un suspect, il crachait toujours le morceau, mais aussi une ou deux dents ...*

*— Glorieuse époque !*

*— Bref, Dédé m'explique que la femme de l'Antoine a été retrouvée pendue à son domicile et que son rejeton, un prénommé Kevin, s'est fait la malle. Alors, j'me dis que le rejeton de l'Antoine, ça doit être ma p'tite frappe.*

*— Qui serait venue venger son pauv' père du vilain flic qui l'avait arrêté ? Belle histoire, ça aurait pu t'émouvoir, non ?*

*— Tu sais bien que je ne suis pas émotif, surtout quand c'est moi la victime.*

*— C'est ça ton problème : t'as pas d'cœur.*

*— Alors je décide de voir jusqu'où il veut aller, le vengeur démasqué. Je vais me faire une petite pêche sur la Vienne, avec mon flingue dans la besace au cas où il déciderait de passer à l'acte.*

*— Toi ? t'as été pêcher dans la Vienne !*

*— Ouais, à l'asticot, indigne pour un pêcheur à la mouche, je l'admets, tu imagines comme j'me suis emmerdé… enfin, le gamin m'espionne, toujours aussi discrètement, mais il ne me saute pas sur le poil ce jour-là. Par contre tous les soirs, dès le lendemain, y vient voir si je ne suis pas revenu pêcher dans mon coin.*

*— C'est toi qui l'espionne, discret comme un furoncle au milieu d'une acné juvénile, je présume.*

*— Alors, je me dis que s'il me guette comme ça, le gamin, c'est qu'il a probablement prévu de me dessouder lors de ma prochaine partie de pêche.*

*— Logique, en effet.*

*— Et ça, je me dis que ça pourrait bien nous être utile. Tu connais Enzo.*

*— Ah! Ça oui! qui ne connaissait pas ce pauvre Enzo les blanches pompes sur la place de Limoges?*

*— Ce petit salopard sévissait depuis des années au bas de mon immeuble, un mac des plus sordides, qui avait tué une de ses putes il y a une dizaine d'années, mais qui nous avait sorti un alibi à la mords-moi le nœud que le juge avait gobé.*

*— Oui, je me souviens de l'affaire, relaxe, humiliation des flics… on avait fait la une du journal avec ça.*

*— J'me dis que l'occasion est belle de débarrasser la planète de ce nuisible. Je descends le voir à l'heure du coup du soir et je l'invite à une petite partie de pêche au bord de la Vienne. Il pense que je suis devenu complètement gâteux, mais comme j'ai un flingue à la main, il ne fait aucune remarque désobligeante. Je lui refile ma veste et ma casquette pour pas qu'il prenne froid, tu vois comme je suis prévenant.*

*— Je vois…*

*— Je lui explique que je suis planqué dans le buisson derrière lui et que je le flingue si y bouge avant d'avoir pris une ablette. Il a la confirmation que je suis mûr pour l'EHPAD, mais il regarde le flingue et il obtempère. Moi,*

*je me planque et j'attends, oh ! pas longtemps ! La p'tite frappe se pointe et il nous trucide le Enzo en un tour de main.*

*— Dis donc, c'est un meurtre que tu as commandité, ça.*

*— Moi ? j'ai rien commandité du tout, j'lui ai rien dit à la p'tite frappe. J'ai juste invité Enzo à la pêche, c'est pas ma faute s'il y avait un dingue qui traînait par là avec un couteau.*

*— Ce n'est pas pour l'EHPAD que tu es mûr, c'est pour Alcatraz.*

*— Mais pas du tout, j'ai ensuite prévenu la police en la personne de ce cher Léon, en lui précisant qu'il trouverait le gars qu'il voyait sur une cassette vidéo déposée anonymement au commissariat dans la nuit, couché paisiblement sur un carton sous le pont de la Révolution. J'ai fait mon devoir de bon citoyen en informant la maréchaussée que j'avais repéré un dangereux criminel.*

*— Dis donc, « le bon citoyen », quand tu m'apprendras à pêcher à la mouche, tu éviteras de m'emmener sur les bords de la Vienne, tes élèves n'y font pas long feu.*

*— Sûr que non, on n'y prend que des vieilles godasses dans la Vienne. La dernière truite qu'on y a vue, c'était sous Louis XIV, pas de danger que je t'emmène là.*

*— Ainsi le fils Kotz va prendre la place de son père en taule, triste destinée quand même !*

*Je l'trouvais attachant, moi, ce petit. À l'époque où la jeunesse est si désœuvrée, lui, il avait un vrai but dans la vie.*

*— Oui, ben c'est à l'ombre qu'il est le mieux, le tueur de zombies. Son jeu à la con ne lui suffisait plus, il voulait passer aux travaux pratiques dans la vraie vie, comme il dit, valait mieux le retirer de la circulation au plus vite.*

*— Moui, maugréa Gérard à demi convaincu, on peut dire que tu ne t'encombres plus vraiment de la procédure depuis que tu es à la retraite.*

*— La procédure, elle me les a brisées pendant quarante ans, mon vieux, assura Gorce. Figure-toi que j'attendais impatiemment la retraite pour pouvoir m'asseoir dessus.*

# Table des matières

LA GESTE

www.gesteditions.com

IMPRIM'VERT

Par ce logo, nous témoignons d'une volonté de réduire les impacts environnementaux liés aux activités de l'imprimerie. Nous choisissons un imprimeur impliqué dans la réduction des gaz à effet de serre. Le choix de nos papiers assure que la production a été faite à partir d'un produit à base de bois et a suivi le cahier des charges d'une gestion durable des forêts européennes. Achevé d'imprimer chez Roto en Union européenne en avril 2019.

Mise en page : Anne-Abel Jeanjean

Dépôt légal : premier semestre 2019


11, rue Norman-Borlaug
79260 La Crèche
05 49 05 37 22
contact@gesteditions.com